KEITAI SHOUSETSU BUNKO SINCE 2009
野いちご

あの日失くした星空に、君を映して。

桃風紫苑

○STARTS
スターツ出版株式会社

カバーイラスト／沙藤しのぶ

万華鏡のような恋をしました
叶うのならば、この瞳いっぱいに
君を映してみたかった

この右目を失くしても
苦しみや悲しみは
半分になりはしなかった

この瞳が色を映して、景色を映して
君を見つめることができるのは
奇跡なのだと知りました

contents.

プロローグ 8

第1章

色は巡る、私を置いて 10

今日の空を明日に望まないで 48

君が触れれば世界は廻る 53

弾けた世界の迷う先は 77

第2章

夕立ち前の恋心 108

6月の雨は冷たいだけで 128

壊れた傘が残す痕 163

星屑になるほどきらめいて、
夜が来る 197

大きな幸せと小さな不安 233

第 3 章

一番大切なこと　　　　254

思い出に残して　　　　283

明日の空　　　　320

万華鏡　　　　335

書籍限定番外編

片眼の君へ【深影side】　　　　350

あとがき　　　　364

プロローグ

カラカラと微かな音を立てて、世界が廻る。
　4歳の頃におじいちゃんがくれた、大切な万華鏡。
　筒を回すと、中のビーズや細かなかけらが揺れる、巡る。
　片眼を押し当てて、その世界に引き込まれた。

「鏡華が回せば、世界はいつも綺麗だ」
　口癖のようにおじいちゃんが言っていた。

　万華鏡を回せば、私の世界はいつも色鮮やかになった。
　それがたとえ閉じ込められた、筒の中だけの世界だったとしても。

第1章

色は巡（めぐ）る、私を置いて

　――あいつ、ウザくない？
　――親がしつこくてさー。
　――最低だよねー別れて正解。
　教室中を、言葉が行き交う。
　端（はし）っこの席で読書をする私の耳に、嫌（いや）でも入ってくる色んな人の声。
　例えば、昨日のテレビの話題。
　最近流行（はや）りのブランド。
　人気上昇（じょうしょう）中のお笑い芸人。
　そういう、どちらかというと楽しい話題に分類される会話が聞こえてくるのは朝の時間だけ。
　３時間目の後の休み時間あたりから、段々と悪口や文句に変わっていく。
　誰かをけなしたり、馬鹿（ばか）にしたり。
　そんな毎日が楽しいのかな？
『死ねばいいのに』
『消えてしまえばいいのに』
　どうして笑いながら、そんなことが言えるんだろう。
「あっ、戸塚（とつか）さーん！　化学のノート提出今日までだから後であたしのところに持ってきてねー」
　今しがた、最近別れた彼氏の話をしていた佐山（さやま）さんが、私に向かって言う。

善意で声をかけてくれたのだろうけど、私としては少し困る。
　席が離(はな)れているから、大声で呼ばれると周りの視線が私に集まるのだ。
　……そういうの、嫌なのに。
　わざとなのか、単に他の人のノートが集まっているからなのか、どちらなのかわからないから、文句のひとつも言えない。
　文句どころか返事をする前に友達との話を再開していて、私の小さな「うん」すらも、佐山さんには届いてない。
　私は孤立(こりつ)しているけど、いじめや嫌がらせのない平和なクラス。
　休み時間にいつも1人でいても何も言われないし、むしろラクだ。
　気を遣(つか)わなくていいし、ただ話すのが苦手というだけで聞き上手と誤解(ごかい)されるのもまっぴらだ。

　放課後、化学のノートが全員分集まったかを確認する佐山さんの机の方へ行く。
「あの……佐山さんこれ……」
　クラス名簿(めいぼ)のコピーにチェックを入れる佐山さんに、ノートを差し出した。
　多分、私で最後なんだろうな。
　積み重ねられた分と、私のノートをカウントすれば、全員分がそろうはず。

「あ、ありがとー戸塚さん」

　もう佐山さんと私の他には誰もいない教室に、シャーペンの音だけが響く。

　気まずくなる前に佐山さんの席を離れて、自分の荷物をカバンに詰める。

　佐山さんの友達、もう帰っちゃったのかな。

　いくらノートのチェックがあるからって、そろっているか確認して先生に持っていくだけなのに……待っててあげないんだ。

　特別親しい友達もいない私が口を挟む話ではないけど、佐山さんは何も感じてないのかな。

「よい……しょ」

　チェックが終わったのか、佐山さんが自分のリュックを背負ってノートの山を持ち上げる。

　その瞬間。

「っわ！　あっ……あーあ……」

　バランスを崩した佐山さんの腕からノートがこぼれて、床に散らばった。

　一度に持とうとしたらそうなるよ……。

　往復するのが面倒なのはわかるけど。

　ふぅ、と深呼吸をして佐山さんに歩み寄る。

　ノートをかき集める佐山さんの隣にしゃがんで、同じようにノートを集めた。

「あ、ありがとう！　それ、上に乗せて？」

　今度は大丈夫、と言いたげに差し出された腕を無視して、

ノートを持ったまま教室を出る。
　ここまでやって、放ってなんかおけない。
　この量だと、相当重そうだし。
「戸塚さん、待って！　あたしが……」
「別にいいよ。靴箱(くつばこ)行くのに通るから」
　途中(とちゅう)に職員室があるんだから気にしなくていいのに。
「でも……」
「いいって」
　しつこいくらい頑(かたく)なに引き下がらない佐山さん。
　もしかして……。
「同じグループの友達は手伝ってくれないもんね」
「えっ？」
　図星……というか、この反応は絶対そう。
「無条件にこういうことされると信じられない？　大丈夫、後で何か要求したりしないし」
　まさかとは思うけど、クラスの中でそういう掛(か)け合いを見ることは少なくない。
　『手伝って』から『いいよ。その代わり何してくれんの？』ってくだり。
　それ、友達同士の会話？　って思うような掛け合いが、佐山さん達の間でもあるのかな。
「……戸塚さん、変わってるね」
「よく言われる」
　"変わってる"にはもう慣れた。
　昔はいちいち反応していたけど、無駄(むだ)だってわかったし。

他人の評価を自分でどうこうするのは正直面倒くさい。
　それに佐山さんのは、嫌味ったらしくない笑い混じりな言い方で、そんなに嫌な気はしなかった。
「あたし、美和達に嫌われてるからさ」
「美和?」
「梶原美和。ほら、いつもあたしと一緒にいる」
　ああ、あの3人組の1人か。
　あと1ヶ月で1年生も終わるというのに、クラスの人の名前すら把握していない。
　顔を見ても怪しいくらいかも。
「なんで?」
　嫌われてるって、はっきり言われるわけじゃないから一番面倒だ。
　気持ちはわかるけど、それが勘違いだったり、ただの被害妄想な例もたくさん見てきたばかりに、理由を聞かずにはいられない。
「こういう仕事で残る時、あたしの時だけ皆先に帰っちゃうし、避けられてる気がするの」
　避けられてる、気がする。
　"気がする"ってことは、確信がないのかな。
　自分のことなんだからわかるでしょ。
　……なんて、言えるわけないけど。
　だってそういう曖昧なラインがあるのも知ってるから。
「気のせいじゃなくて?」
「多分……ううん、間違いないよ」

そこまで言えるならもう離れればいいのに。
　いったん踏ん切りがつけば簡単だけど、難しいか……。
「ま、もうすぐクラス替えあるし。あんまり考え込まなくていいんじゃないかな」
　この学校は2年時にクラス替えがある。
　3年になるとコースを変える人以外は2年のクラスのままだから、そこで同じクラスになった時は……最悪……かもしれない。
「うん……ありがとう戸塚さん」
　なんか今日は、佐山さんにお礼を言われてばっかりな気がする。
　そういえば、佐山さんとちゃんと話すのって初めてかも。
　だからって仲良くしようとまでは思わないけど。
　私には、1人でいるのがちょうどいい。
　1人でいれば、むやみに傷付くこともないしね。

「戸塚さん！　昨日ね……」
　仲良くする気はない。
　今まで通り、私は1人。
　……の、はずだったのに。
　なんで私、一緒にお昼ご飯食べてるんだろう……。
「あのさ……佐山さん、友達はいいの？」
　さっきからチラチラと視線を感じてるんだけど。
　小声で言うと、佐山さんは小さく肩をすくめた。
「うん……昨日ね、帰ってから考えたんだけど、残り少な

い間だけでも戸塚さんといた方が楽しいかなーって」
「……そっか」
　それって楽しいじゃなくて、ラクなだけなんじゃ……。
　それにそんな簡単に決められるって……私の苦手な、ユラユラ揺れるタイプだ。
　私の世界を乱さないでほしいのに……。
　まさに私の今の状況(じょうきょう)。
「戸塚さんとご飯食べるといつもより美味しく感じる！」
「……よかったね」
　一方的に話しては話題を変えるから、内容は半分も頭に入ってないけど、佐山さんが満足ならそれでいいか。
　無理に話を振られることがないから、ほとんど聞いているだけで苦ではなかった。
「あ、そうだ。戸塚さん家どこ？　一緒に帰らない？」
「え……家？」
　いやいやいや、待ってよ。
　一緒に帰る？
　嫌だよ。
　私達、友達でも何でもないんだよ？
　仲良くもないし、知り合って間もないようなものなのに。
「家……は電車通学だから、一緒に帰るのは無理かな。佐山さん徒歩でしょ？」
「あーそうなんだ……残念。って、なんで戸塚さんあたしが徒歩って知ってるの？」
　そんな不思議そうな顔しないでほしい。

昨日校門出るまで一緒だったし、駅に行く私とは逆方向の住宅街に歩いて帰ってたじゃん。
「……昨日、見たから」
「えっ、嘘！　本当に？」
「一緒に出たよね？」
「あ、そっか、そうだったね。ビックリしちゃった」
　嘘！　はこっちのセリフだよ。
　佐山さん絶対、私になんて毛ほどの興味もない。
　話相手……しかも自分の言いたいことだけを喋れる、人形みたいだとか思われてるのかな。
「戸塚さんって人のことちゃんと見ててさ……すごいね」
「そうかな……」
　ちゃんと見ようとしなくても、自然と目に入ってくるんだから仕方ない。
　それとも私が変なだけで、他の人は目の前にいつでも夢中になれるものがあって、周りに目が向かないの？
「気遣いできる人っていいよねー。一緒にいて楽しいよ」
　佐山さんにとっての楽しいはイコール、ラクってことなんだって、わかってきた。
　駄目だなあ……私。
　嫌な所ばっかり見えてる。
　他人のことを分析できるほど、何かを経験したわけじゃないのに。
　わかったフリをしているだけ。
　ただ、佐山さんが私の苦手なタイプ。

それだけのことに理由をつけて、佐山さんを嫌な人にしようとしてる。
　最低だよ。
　フッと佐山さんの話の途中で漏れた笑いは、虚しいだけの乾いたものだった。

　それから1週間。
　佐山さんは相変わらず私と一緒にいる。
　正直、少し疲れる。
　必要以上にベタベタしてくるし、何より話を聞くのが苦痛になってきた。
　テレビの話題や近くにできたカフェの話まではまだいいんだけど……。
　私の前まで、誰かの悪口を言うのはやめてほしい。
　もはや相談でもなんでもない。
　佐山さんの友達"だった"3人の悪口ばかりを聞く毎日に、不快な気持ちが積み重なっていく。
「ほんっと、嫌なやつなの！　特に美和！　偉そうにしちゃってさ、何様なの」
「うんうん、そうなんだね」
　放課後、誰もいない教室にホッチキスの音と、だんだん口調が荒くなっていく佐山さんの声。
　なぜか化学のプリントをまとめる作業を手伝わされてもう1時間。
　量は多いわ、佐山さんは同じような悪口を何度も何度も

繰り返すわで私はすっかり疲れきっていた。
　ホッチキスの作業なんて断ろうと思えば断れたのに。
　断りきれない、それが私の唯一の弱点。
「その点、戸塚さんは優しいよね。こうして手伝ってくれるし。前はこんなのだるいだけだったけど、戸塚さんと一緒にすると楽しいよ」
　この１週間でわかった佐山さんの特徴。
　"優しい"って言えば、相手の気分がよくなると思ってること。
　そしてもうひとつ。
　佐山さんにとって、楽しいは"ラク"って意味だということを確信した。
　まあ確かに……漢字は同じだし、紙一重といわれればそうなのかもしれないけど。
　言われるこっちからしたら、気分のいいものじゃない。
　そんなこと、言えないけど。
　いや、違うか……言わないんだ、私は。

　作業を終えて、２人で玄関に向かう。
　お互いのロッカーを開けた所で私の手が、止まった。
「あれ？　戸塚さんどうしたの？」
「あ、いや……何でもない」
　何……これ……。
　靴箱のロッカーの中に、大量のメモ用紙。
　その中のひとつに『シネ』と書かれているのが見えた。

「ちょっと……忘れものしちゃった……取りに行ってくる」
「えっ？ あ、待って戸塚さん……あたしも」
　声に動揺が表れてしまうくらいの衝撃。
　苦し紛れにそう言って、引き返そうとした瞬間。
「あっ、瞳ー！ 遅いよー」
　玄関の外から、あの3人組が出てきた。
「えっ……美和……？ よっちんと夏美ちゃんも……」
　佐山さんと同じように、私もビックリした。
　とっくの昔に帰ったはずの3人が、ここにいる。
　1時間以上も……ここで待ってたの？
「待ってたんだよー？ 遅いよー」
「ご、ごめんね！ あ、戸塚さん……」
　私についてこようとしていた佐山さんが急いで靴を履き替えて、3人のもとへ駆け寄る。
「いいよ、バイバイ」
　それ以外に言えることなんてなかった。
「手伝ってくれてありがとう！」
　手を振る佐山さんに何か反応を返す間もなく、背を向けられる。
　4人が玄関前の階段を降りていく時、ほんの一瞬。
　梶原さんの、鋭い視線が私に向いた。

　翌日から、私の日々は一変した。
　まず、佐山さんが私に近付かなくなった。
　目が合えば逸らし、近くを通ればわかりやすく避ける。

別に、それ自体に思うことは何もなかった。
　けど……。
「また……か」
　陰湿な、靴箱のロッカーへのイタズラ。
　佐山さんとの関わりがなくなってから、放課後すぐに学校を出る生活に戻ったのに。
　いったいいつの間にこんなものを入れるのだろうか。
　まあ……終礼が終わると同時に走って教室を出て行く、佐山さんを含むあの４人を確認してはいるのだけど。
　靴自体への嫌がらせはまだない。
　大量に詰め込まれたメモ用紙と、昨日からはゴミが入れられている。
　些細なこと。
　でも確実に度を増してきている。
　嫌な予感が止まらなかった。
　３日後にはとうとう机の中にまでゴミが入れられるようになった。
　何かが盗まれたり、身体的な暴力を振るわれたりしていない分、マシなのかもしれない。
　けど、そういう捉え方は逆効果だった。
　彼女達は私のために軽いイタズラで済ませていたわけじゃない。
　証拠が残るようなことをしたくなかっただけだと知ることになったのは、それから更に１週間後のことだった。

「え……？」

「だから、そんなこと頼んでないぞ？」

放課後、佐山さんから『先生が呼んでいる』と言われて職員室に来た。

理科準備室の整理を手伝ってほしいとかで。

何も心当たりがないのになんで急に理科準備室に……とは思った。

そもそも理科準備室の入室は厳重だから、先生がそんなことを頼むわけがないのだ。

騙された……？

最近ずっと佐山さんの様子が変だったし、騙されていたとしても不思議じゃない。

邪魔になると思って置いてきたカバンを取りに教室に戻ると、中には誰もいなかった。

そりゃそうだよね。

放課後はさっさと部活に行くか帰ってしまう人が多いし、私を待つような人はいない。

佐山さんも今は梶原さん達といるから、こっちには来ないし。

別に……いなくなってどう思うわけでもないけど、佐山さんはあれでよかったのかな。

不気味なくらいに静かな廊下を歩く。

夕日が差し込む窓の外には赤い空が広がっていた。

なんか……こんなに真っ赤だとこわい。

夜の方が私は好きだな。

雲が厚かったり、風が強かったり、工場の排気ガスが空を覆っていたりと、最近はロクに星も見れていないけど。
　広い場所に立って、夜空を見上げながら360度クルリと回る。
　そうすると散りばめられた星が流れるように瞬いて、景色が変わる。
　私はそれを見るのが大好きだった。
　昔見た、水たまりに浮かぶ星も綺麗だったな。
　久しぶりに、夜空を見上げてみようか。
　今日はきっと空が澄んでいるだろうから。

　ぼんやりとしていた私は気付かなかった。
「戸塚さん！！！」
　どこからか聞こえてきた佐山さんの声。
　その時にはもう遅かった。
　——ガタンッッ!!
「え……」
　視界を横切る私のカバンの中身。
　教科書やノート、筆箱の中身が飛び散るのがやけに鮮明に目に映って。
　ドンッと体が床に打ち付けられた瞬間。
「…………っ!!」
　声にならないほどの痛みが全身を駆け巡った。
　そんな痛みの中、熱を持ったように熱く、鋭い痛みが集まる。

私の、右目に。
「ねえ!!　ちょっと、やばくない？　血出てるよ!」
「うるさいわね!　私達がやったわけじゃ……」
「あ、あたし……先生呼んでくる!!」
　意識が痛みに引っ張られて、深い場所に落ちていく寸前にそんな声が聞こえた。
「戸塚さん!!　戸塚さ……」
　一番近くで聞こえてくる、最近ずっと隣にあった佐山さんの叫び声。
　久しぶりに呼ばれた名前に、どこか安心してしまった私は……そのまま意識を手放した。

　静かだった。
　音がなくなってしまったかのような静けさ。
　真っ暗な世界で自分の鼓動の音だけがやけに大きく耳元で響く。
「きょ…………きょう…………か……」
　ドクン、ドクンと大きな心臓の音の、ずっとずっと外側から誰かが私を呼んでいる。
　誰だろう……。
　返事をしたいのに、声が喉に貼り付いて出てこない。
　ドクン、ドクンという音が大きくなって、声が聞こえなくなった。

「…………ん……」

眩しさとだるさに目が覚めた。
「いっ……！」
　途端に体中を流れる電流みたいな痛み。
　それと……頭が割れるように痛い。
　ズキズキと痛む頭を両手で抱え込むと少し楽になった。
　あれ…………？
　私はさっき眩しいって感じて目を覚ましたはずなのに。
　光が弱い……？
　膜がかかったように上手く光を通さない目を擦ろうと、手を持っていく。
「なに…………これ」
　左目にはしっかりと左手が当たる。それなのに。
　右手に当たったのは分厚いガーゼ。
　ペタペタとそのまわりを探ると、固定されているのかテープが貼られていた。
　ジッと意識を集中させてみると、右目の辺り全体が少し熱を持っていて、両端から引っ張られるような……。
　これはテープのせいか。
「鏡華…………？　鏡華!!!」
　聞き慣れた声がして、そっちを見ると突然誰かに抱きしめられた。
「鏡華っ！　鏡華……！」
「お母さん……？」
　泣きながら私の名前を呼ぶお母さん。
　こんなに取り乱すお母さんを見るのは初めてだ。

ビックリしながらお母さんの背中に手を回す。
　落ち着かせるように背中をポンポンと叩くと、お母さんが小さく息をのんで私から離れた。
「鏡華……よかった……」
「お母さん、ここどこ？」
　私は気になっていたことを聞いた。
　真っ赤に泣き腫らされた、お母さんの目。
　見慣れない、気持ち悪いくらいに真っ白な空間。
　なんだろうここ……病院みたいな感じ。
「鏡華は……階段から落ちて意識がなかったの。ここは病院よ……」
　あ、やっぱり病院なんだ……。
　昔、おじいちゃんのお見舞いで何度か来たことがあるけど、自分がこのベッドのお世話になるとは思わなかった。
「どれくらい眠ってたの？」
「４日も目を覚まさなかったんだから……」
　また涙を浮かべるお母さんの手をギュッと握る。
　４日……。
　長いのか短いのかよくわかんないや。
　それにしても……おかしいなあ……。
　目を擦ったら左目はいつも通りになったけど、右目がじくじくと痛んできてる。
「ねえ、お母さん」
「なあに……？」
「私……目、どうしたの？」

体はどこもかしこも痛い。
寝すぎたせいなのか全身が重くてだるいし。
でもそれ以上に……右目の違和感が気になる。
お母さんは一瞬何かを堪えるように眉間にシワを寄せたあと、私の手を強く握り返した。
「鏡華の……右目はね……」
「うん」
「もう……ないの」
え…………？
今、お母さん何て言った？
右目が……ない？
え……なんで……？
確かに右目は見えないけど、ガーゼのせいでしょ？
ガーゼを取ったら見えるんだよね？
……なんで今、お母さんは"目がない"って言ったの？
「手術をしたんだけど、摘出するしかなくて……」
なにそれ。
嘘だよ、そんなの。
そんなわけないじゃん。
摘出ってなに？
私の目がとられたってこと？
なんで？
「嘘……だよね？」
ガーゼを取れば左目と同じように見えるんでしょ？
震える手でガーゼに手を伸ばす。

無理矢理テープを剥がそうとした時、私の手をお母さんがつかんだ。
「っ、離してよ!!」
「ダメ！　ダメよ……まだ……」
「嘘でしょ!!」
　両手でお母さんに押さえ込まれながら、負けじと目に手を伸ばした。
「誰か!!　来てください！」
　取り乱す私の手を強い力でつかみながら、お母さんが必死に叫ぶ。
　すぐに看護師らしき人が数名駆けつけて、押さえつけられた。
「先生を呼んだので、すぐに来ますから」
　そう言いながらも私の肩を押さえる手を緩めない看護師さん。
　手首も押さえつけられて、お母さんには手を握られてる。
　抵抗なんてできない。
　フーッ、フーッと荒れた息をどうにも出来なくて、左右に首を勢いよく振ると、頭も押さえられた。
　もう、なんなんだろう。
　わけがわからない。
「鏡華……鏡華……」
　お母さんは泣いているだけだし、看護師さんは何も言わない。
　少しして、部屋のドアが開く音が聞こえた。

「戸塚さん、目が覚めたんだね」
　揺れるカーテンを完全に開いて、顔を覗(のぞ)かせた１人の男の人。白衣を来ているから、お医者さんだ。
　なんだか貫禄(かんろく)のある、50代くらいのおじさん。
「もういいよ、ありがとう」
　私を押さえつける看護師さんにそう言うと、看護師さんはそろって出て行った。
「さて、と」
　お母さんとは反対側のパイプ椅子(いす)を引いて、おじさんが私の顔を覗きこむ。
「戸塚さん、ちょっと診(み)るからね」
　右目には一切手を触れずに、左目だけにペンライトの光を当てたり、まぶたを開かされたり。
　お医者さんの顔をしたおじさんが左目をジッと見つめてきて、スッと視線を逸らした。
「よかった。左目は大丈夫」
　目を細めて安心したように微笑(ほほえ)むおじさん。
　でも私は聞き逃さなかった。
　左目……は？
　左目は大丈夫ってどういうこと？
　じゃあ、右目は？
「戸塚さん」
　戸惑(とまど)っていると、おじさんがネームプレートを差し出した。おじさんの大きな手にちょうど納まるネームプレートには【大岩鉄男(おおいわてつお)】と書かれていた。

「戸塚さん……鏡華ちゃんでいいかな？　鏡華ちゃんの主治医の大岩です」
「あ……はい」

　とりあえず返事をしながらも、視線はネームプレートから外せないでいる。
「総合病院」と「眼科」の文字に目が釘づけになっていると、大岩先生がネームプレートを胸元に留め直した。
「それで、もうお母さんには話してあるんだけど、鏡華ちゃんの右目のこと」
「っ……はい」

　やっぱり、私の目、何かあるんだ。

　お母さんがさっき言っていた"目がない"って言葉が頭の中で復唱されて、背筋が冷える。

　そんなわけ……ないよね？

　違うって信じたいのに、大岩先生の目を見ることができない。

　こわくて、震える手をギュッと握りこんだ。

　それから大岩先生が淡々と告げたことは、私の人生の中で間違いなく一番、衝撃的なものだった。

　その日の夜。

　ベッドから体を起こして窓の外を見る。

　だいぶ高い位置にある部屋なのか、窓の外に建物は1つも見えない。

　ほんの少し灰色に染まった煙が遠くに見えるだけ。

視力は何も変わりないのに。
……私の右目はもう、二度と見えない。
呆然（ぼうぜん）とするだけの私に、大岩先生ははっきりとした口調で話をしてくれた。
そのおかげなのか、話の内容がやけに耳に残っている。
あの日、階段から落ちた私は全身を打撲（だぼく）した。
一番上の段から転げ落ちた私は下まで一直線というわけではなく、何度も段差にぶつかったらしい。
その拍子（ひょうし）に、右目を強打。
眼球破裂（はれつ）の時はその状態で処置をするか、出血が多い場合は一時的に縫合（ほうごう）を行って、数日経（た）ってから網膜（もうまく）の手術をするのが一般的（いっぱんてき）らしいのだけど。
私の場合、眼のほとんどが外に出てしまっていたらしく、眼球内容除去術という眼球の中身を摘出する手術が行われたと、大岩先生が言っていた。
つまり、私の右目は見えないだけじゃない。
もう、"ない"んだ。
そっとガーゼの上から右目に触れる。
この奥（おく）に何があるというのだろう。
もう何もない？
まだ眼ではない何かが残ってる？
左目に触れると確かに眼球の形があるのに、右目にはもうそれがない。
そう思うとこわくなって、パッと手を離した。
眼の他に打撲もひどいし片足を捻挫（ねんざ）していることもあっ

て、しばらくは入院。

　今後の義眼の装用なんかについても話していたけど、それは私に対してじゃなくてお母さんに言っていたんだと思う。どちらにしろ、その話をするころには私にはほとんど何も聞こえていなかった。

　涙は出てこない。

　悲しいわけじゃない。

　ならなんだろう、この……虚無感のようなものは。

　確かに失くしはしたけど、正直まだ実感がない。

　窓の外には雲ひとつない夜空が広がる。

　点々と見える星は今日も空が排気ガスに覆われるせいで不鮮明だ。

　あの日は星が綺麗だったかもしれないのに。

　なんでこんなことになったんだろう。

　２週間後。

　私がベッドから動かないせいで打撲などの怪我の治りが遅く、予定よりも１週間遅れての退院。

　捻挫については激しい運動をしないように注意をされただけで、経過等は問題ない。

　眼科の大岩先生にだけはこれからもお世話になるけど。

「うん、いいね」

　ガーゼの取れた私の目を見て大岩先生が言った。

　入院中に入れられた義眼は仮のものらしく、私用の義眼が用意された。

はめ外しの練習を初めてすぐの頃はこわくてなかなか上手くできなかったけど、何度も繰り返すうちに慣れた。
　最後の練習、と大岩先生の前で義眼のはめ外しをして、OKサインをもらう。
　大岩先生は面白い先生で、塞ぎ込んだ私のもとに医局を抜け出して足繁く通い、たくさんの話をしてくれた。
　それは目に関係ない、大岩先生の日常ばなし。
　毎日そんな話を聞くうちに、自然と笑えるようになった。
「先生、ありがとうございました」
　隣でペコリと頭を下げるお母さんにつられて、私も慌ててお礼を言う。
「あ、ありがとうございました」
「いいえ、こちらこそ。鏡華ちゃんと話すのは楽しかったからね」
「先生の話が面白いからですよ」
　最初はしつこいって思ったけど、明日からは先生に会えないんだと思うと寂しい。
「じゃあ、また2週間後に」
　病院の外まで見送ってくれた大岩先生に手を振って、車に乗り込んだ。

「あー……懐かしの我が家……」
「なに年寄りみたいなこと言ってるの」
　だって仕方ないじゃん。
　最初の1週間は眠っていただけのようなものだけど、我

が家が3週間ぶりであることに変わりはない。

さほど広くないマンション。

それでもなんだか寂しい感じのこの家に、毎日お母さんは1人だったんだ。

ごめんね、お母さん。

少し痩せた背中を見て、申し訳ない気持ちになった。

「鏡華、ちょっといい？」

「え？　うん……」

まだお昼ご飯には早いから部屋で休もうと思ったんだけどな。

お母さんとテーブルを挟んで座ると、1枚の封筒を差し出された。

「なにこれ？」

「学校の先生から」

学校の先生？

なんで今こんなものが……と思いながら封筒を開ける。

1枚の紙につづられた無機質な文字の羅列に、思わず両手に力がこもる。

「ねえ鏡華……本当は何があったの？」

本当は、ということはお母さんは気付いてるんだろうな。

この紙に書いてある『生徒の下校後に実施したワックスがけの不備』っていうもっともらしい説明が、都合のいい言い訳だってこと。

言われてみれば、私はあの階段を踏み外したわけじゃない。何かに滑ったのだ。

ワックスであることは間違いないけど、あの段だけなんて絶対におかしい。
「……いじめられてたの？」
「違うよ」
　梶原さん達に嫌がらせを受けはしたけど、大したことじゃなかったし、いじめとは言えない……"イタズラ"くらい。
　でも……さすがにこれはやりすぎだ。
　階段から落ちるように仕向けたことだけは、度が過ぎている。
　私が目を失ったことをこんな紙切れ1枚で済ますの？
　梶原さん達はどうなったんだろう。
　あの時、隣で何度も私の名前を叫んでた佐山さんは、今どうしているのかな。
　……大丈夫かな。
　苦い表情のお母さんはもう事情を知っている風に見えたけど、一応一通りを説明すると、何かを堪えるように唇を噛み締めた。
「お母さん、ちょっと学校に行ってくるわ」
　ガタンと立ち上がって、今にも出ていこうとするお母さんを止める。
「いいよ、お母さん。多分何言っても無駄だし」
「何言ってるの！　このままにできるわけ……」
「お母さんもうこの紙読んだんでしょ？　それで学校に行ったんじゃないの？」

「それは……」

　封筒は最初から封が切られていた。

　お母さんがこんな内容を見て黙っているはずがない。

　学校に行って、相手にしてもらえなかった。

　きっとそうじゃないだろうか。

「っ……ごめん……ごめんね」

　私の横に泣き崩れるお母さん。

　あの日の放課後、たしかに私は学校に残った。

　一度職員室に行ったから、それを証明する先生はいるし、ワックスがけだって何とでもねつ造できる。

　梶原さん達がやったっていう証拠がなければどうにもならないことだってわかり切っていた。

「昨日……ね、女の子が２人来たの」

「女の子？」

　女の子と言われて思いつくのは佐山さんくらいだ。

　友達と呼べる友達なんていないし。

「佐山さんと高橋さんって子よ」

　やっぱり、佐山さんだ。

　高橋さんって……確か３人組の１人だったはず。

　梶原さんともう１人の人と違って、優しくて思いやりがあるんだけど、梶原さんに逆らえない子だって、佐山さんが言ってた。

「なんて言ってたの？」

「ワックスを塗ったのは私達だって。見て見ぬふりをした私達も同じって言ってたわ」

見て見ぬふり、ってことは……。
　２人は何もしていないんじゃないかな。
　ワックスを塗ったのは梶原さんともう１人で、佐山さんと高橋さんはそれを見ていた。
　そう……なのかな。
　そうだとして、私は２人に何を言えばいいの……？
「何度も何度も謝ってくれたけど……許すか許さないかはお母さんが決めることじゃないから。鏡華が元気になったらまた来るって」
「そ……っか」
　佐山さんと高橋さんは違うんだ。
　梶原さんと同じじゃない。
　あの場で誰も助けてくれなかったらと思う方がずっとこわい。
　お母さんもその場で追い返さずにいてくれてよかった。
　すぐにとは言えないけど、直接会って話したい。
　その日の夕方、お母さんが買い物に行っている間に電話が鳴った。
　家電になんて珍(めずら)しい。
　不審(ふしん)に思いながら受話器を取る。
「はい、戸塚です」
『あっ！　戸塚さん？　佐山です』
「佐山さん……？」
　なんで電話なんて……。
『退院したんだね……よかった……』

受話器の向こう側ですすり泣くような嗚咽が聞こえる。

紛れもなく、佐山さんのものだ。

『あ、あたし……ひどいことしちゃってごめんなさい。言い訳になっちゃうかもしれないけど、先生達に説明しても聞いてくれなくて……ごめんね……』

やっぱり先生達は耳を貸さないか。

当人が言っても聞かないのなら、もうどうしようもない。

あんまり事を大きくしたくないんだろうな。

私も大事にしたいわけじゃないけど、そこまで頑なに隠蔽されるとちょっと……。

『怪我は大丈夫？』

「え……聞いてないの？」

お母さん言ってないのかな。

目のことを知っているなら、怪我は大丈夫？　の前にそのことについて聞いてくるはずだもん。

『血がたくさん出てたから……傷が残るような大怪我だったんだよね……？　すぐに先生が来て離されちゃったからよく見えなくて』

「……ううん、平気。もう治ったよ」

よかった。

佐山さん、目のこと知らないんだ。

義眼は精密に作られているから、万が一にもバレる可能性は低い。

それなら知らないままの方がいいよね。

『学校はいつから？』

「え……っと……それはまだはっきりしてなくて」
　本調子とはいえないけど、体はもう普通に動く。
　ただ、授業にはかなり遅れをとっているし、今更戻ったって遅い。
　だって明日はもう修了式なのだから。
　幸い怪我をするまではずっと皆勤だったから、進級には問題ないだろうけど……。
　明日は休もうと思ってる。
『そっか……２年生で同じクラスになって、もっと戸塚さんと仲良くなりたかったけど……私の顔なんかもう見たくないよね……』
「ううん、そんなことないよ……」
　だって佐山さんは、良くも悪くも"何もしてない"。
　そんなに人が強くないことを、私は知ってる。
　友達として接することができるかどうかはまだわからないけど、少なくとも嫌いにはなれてない……と思う。
　もう１年生の課程が終わる。
　進級して、私はどうなるのかな。
　佐山さんと同じクラスになれたとして、友達として接することができるだろうか。
　もし……梶原さん達と同じクラスになったら……。
　一瞬であの日の出来事がフラッシュバックして、グラリと視界が揺らぐ。
　嫌だ……こわい。
　また何かされたらどうしよう。

残った左目まで失うことになったら。
全身を襲う悪寒は震えになって、一晩中私を蝕んだ。

修了式の後、担任が自宅を訪ねて来たけど、対応は全部お母さんに任せた。
顔を合わせたくなかったわけじゃない。
ただ、形ばかりの心配や心にもない謝罪を聞きたくなくて、漏れる話し声を耳で塞ぐ。
長話はせずに早々に帰って行ったのを確認して部屋から出ると、玄関の前に立ち尽くすお母さんがいて、顔は見えないけどどんな表情をしているかなんて、すぐに想像がついた。
「お母さん」
私と大差ない広さの背中が、今はとても小さく見える。
「ごめんね……」
何に対して謝ってるのか自分でもわからなかったけど、他にかける言葉が見つからない。
お母さんには私しかいないから、私だけはお母さんの不安材料になりたくなかった。
それなのに、こんなことになって悲しませた上に、失った右目は戻ってこないなんて。
謝る以外に私に何ができるんだろう。
「どうして鏡華が謝るの？」
振り向いたお母さんの顔には思っていた通り、涙の跡が残っていた。

やっぱり、泣かせてしまったんだ。
　こわくても嫌でも、私が玄関先で担任と話せばよかった。
「鏡華、どうして謝ったの？」
　お母さんだってギリギリでいたことに今更気がついた。
　私が謝るのは間違いだったことにも。
　そうやって後悔をすればするほど、憤りではなく虚しさが募っていく。
　諦めて、慰め合って、それで何かが変わるのかといわれたら、きっと何も変わらない。
　方法なんて思いつかないけど、それこそ、お母さんと考えていけばいい。
「ここじゃない場所で、やり直したい」
　今の学校を離れたいと直球で言わなかったのは、やり直したいという気持ちが単なる人間関係のことではなくて、環境のことでもあったから。
　だけど、実際そんなに簡単で単純な話ではないことも理解しているつもりで、肝心なことはお母さんに委ねようとする自分がほんの少し嫌いになる。
　お母さんが瞬きと共に張り詰めていた表情を和らげた。
「やっと言ってくれた」
「え？」
「鏡華が言わなかったらお母さんから言うつもりだったんだけどね」
　おいで、と促されてついて行った先はお母さんの私室。
　幼い頃はよく忍び込んでいたけど、最近は中を見ること

もなかった。
　私の部屋よりもひと回り小さいはずなのに、物が少ないから広く感じる。
　ドアの前で棒立ちのまま記憶の中のものと変わらない部屋の中を見渡していると、お母さんがキャビネットの中から数枚の写真を取り出して私に差し出した。
「これ……どこ？」
　色んな時間帯に撮影された海の写真。
　同じ場所から撮られているから色の変化が一目で見て取れて、太陽が映り込む写真はより一層美しい。
「昔、一度だけ行ったことがあってね、写真は貰(もら)い物なんだけど綺麗でしょう」
「うん、すごい。こんなの見たことない」
「行ってみる？」
　夢中になって見ていた写真から顔を上げる。
　気分転換(てんかん)や旅行に行くような言葉のニュアンスとは違うように感じた。
「ここならすぐに住む場所が見つかるし、小さい町だから窮屈(きゅうくつ)に感じるかもしれないけど……」
　決めていいよって言われたみたいで、迷う間もなく、決めた。
「行く」
「じゃあ一度旅行がてら見に行こうか？」
「お母さんがいいなら、見に行かずに引っ越しがいいな」
　サプライズみたいでしょ。

肉眼には、この写真のような光景がどう映るんだろう。
「いいの？　気に入るかわからないよ？」
「きっと、好きになるよ」
　瞳に映るものに、心で惹かれたのだから。

　とんとんと引っ越し準備が進む中、ずっと連絡を取らずにいた佐山さんに電話で話があることを伝えると、快い返事をくれた。
　私が学校の近くまで出向くつもりだったのだけど、佐山さんがこっちまで来てくれるというので甘えることにして、今日駅前で待ち合わせをしている。
　ほとんど片付け終えた室内を見渡し、刻々とここを離れる準備が済んでいくことに寂しさはあるけど、新しい場所への期待のが大きくて、だからこそ残していくものには節目をつけておきたかった。
　朝早くから出勤していったお母さんも急な話だから色々とやることが多いらしく、お互いにバタバタと忙しない日々が続いていた。
　それももうすぐ、終わるけど。
　最寄り駅までの道すがら、見慣れた町並みを眺めていて、引っ越しを決めたことにようやく自信を持てた。
　これまで当たり前のように両目に映していた景色が、全て半分になって。
　それが身近なものであるほど、見ていることが辛かった。
　片方の視界で見るよりも、記憶に残るのは両目で見てい

た頃の思い出と景色たち。

　これまでもこれからも利用し続けるはずだった最寄り駅周辺を一周して正面に向かうと、私服姿の佐山さんが先に待っていた。
「おはよう」
　そばに寄って声をかけると、携帯(けいたい)に落としていた顔を上げて佐山さんが私を見た。
　途端に青くなる顔色に、マスクをつけてくればよかったと思ったけど、それでもカバーしきれない部分にまで痣(あざ)は残っているから、下手に隠すよりよかったかもしれない。
「戸塚さんそれ……」
「もう痛くないから大丈夫だよ。見た目だけ」
　身体にも薄(うす)い痕は残っているけど、特に目元の痣はなかなか消えなくて、痛みはないのに痛々しく見えてしまうのが少し困る。
　今だって、佐山さんを心配させたいわけじゃないのに。
「ごめんなさい。……謝っても戸塚さんにしたことはなくならないけど、でも、他に何も言えなくて」
　平日の昼前、駅前に人は疎(まば)らだけど、佐山さんが深く頭を下げる姿に道行く人の視線が集まる。
「佐山さん、顔上げて？　見られてるから」
「あ……ごめん」
　居心地を悪くさせてごめんね。
　ついこの間、お母さんに対しての言葉が見つからなかったように、佐山さんもきっと沢山考えてくれたんだろう。

会わないまま行ってしまうことだけはしたくなかったけど、佐山さんを責めたかったわけでもない。
　本当はもう少し時間をおいて、私の顔の痣も消えた頃に会えばよかった。
　でも、もう幾日もないから、私の勝手で申し訳ないとは思うけど、付き合ってもらう。
　佐山さんに引っかき回されていた頃の私の気持ちと比べても、余程良い気持ちではないことを承知で。
「もう学校には話してるんだけど……引っ越して、環境を変えて頑張ることにしたよ、私」
「え……」
　場所を変える暇さえ惜しくて、上擦る声で告げたところで、私も緊張をしていたことに気付く。
「引っ越すって……どこに？　会えるよね？」
「会える……？」
「会わないとか、言わないよね」
　詰め寄る佐山さんの目が不安げに揺れていて、その理由に戸惑ったのは私だった。
「いいの？」
　二度と会いたくないとは言わないけど、この町においていくつもりだったものの中には佐山さんもいて、お互いに今は忘れられなくても、いつか薄れていくだけだと思っていた。
「あたしさっき、着いたよって戸塚さんに連絡しようとして、携帯の番号もアドレスも知らないことに気付いたんだ

からね」
「教えてないもんね」
　かかってくるのは佐山さんの携帯からだったけど、かけるのは全部固定電話だったから。
　番号は私が知っているだけで、アドレスは知らない。
「今、教えて。引っ越し先も……戸塚さんが嫌じゃなかったら」
「そこで遠慮するの？」
「するよ。そこまで図々しくない」
「佐山さんらしくないね」
　人の話なんて聞かないくらいの佐山さんしか知らないから、ものすごい違和感がある。
「もー……携帯貸して。登録するからね」
「うん。私やり方わかんないから任せる」
「……機械音痴？」
「違うよ！」
　聞き捨てならなくて思わず大声で否定すると、ちょうど横を通り過ぎて行った老夫婦の視線が刺さる。
　肩を縮めて余所を見ている間に登録を終えたらしい佐山さんが私の携帯を差し出して、引っ込めた。
「佐山さん？」
「会おうね、絶対」
　さっきまでは控えめだったのに、強制って。
　連絡先は交換したけど、行き先は教えていない。
　佐山さんも、無理に聞いてくることはない。

絶対と言いながら、私次第だって言いたいんだろう。
「待ってるね」
　これから向かう先が、今と繋(つな)がってしまうことに不思議と抵抗はない。
　心の奥に残していたものが、一番気持ちよく薄れていくのを感じながら、またねがまたねになるように約束をして、私は16年過ごした町を離れた。

今日の空を明日に望まないで

　ポツポツと夜空に浮かぶ星を、窓から見上げる。
　今日は雲が厚いから見える星は決して多くはないけど、その中でもまばゆい輝きを放つ星が何粒かある。
　こんな星空、昔行った天文台でしか見たことがない。
　海風の香る、山の上。
　春休み真っ只中の4月1日。
　私は今日、この町に越して来た。
　前に住んでいた所から車で8時間ほどだろうか。
　寝ている間に到着したのは、ど田舎にも等しい海と山しかないどこか寂しい雰囲気の町だった。
　民家は相当数あれど、町を行き交うのはお年寄りばかり。
　昼間に散歩をした時、色んな人につかまって疲れた。
　正直、何と言ってるかわからない言葉ばかりで。
　多分、方言というほどじゃない。どちらかというと標準語には近いのだろうけど、早口だし滑舌が悪くて聞き取れなかった。
　適当に返事をするわけにもいかなくて、精一杯耳を傾け続けてもうクタクタだ。

　夜11時。
　少し早めの夕ご飯の後すぐに眠ってしまったせいで、中途半端な時間に目が覚めた。

お母さんももう休んでいるみたいだったから勝手に抜け出しちゃったけど、いいよね？
　古い平屋を出て、長い階段を登る。
　この上の高台は草原になっていると、どこかのおばあちゃんが今日言っていた。
　もっともっとたくさんの星が見えるはず……そう思うと足が軽い。
　捻挫なんてとっくに治ったし、体には痣が残るものの、痛みはもうない。
　そしてたどり着いた頂上。
「すごい……」
　揺れる一面の芝生。
　眼下に広がる海と、どこまでも続く星空。
　思いのままに芝生に倒れ込む。
「綺麗……」
　万華鏡みたい。
　万華鏡は細い筒の中だけの世界だけど、この星空は違う。
　瞳いっぱいに映る星の全てが輝いて、風が吹き抜けるたびに雲が晴れる。
「いいなあ……」
　１人、ポツリと呟いた時だった。
「なんが？」
　誰に宛てたわけでもないのに、返事が返ってきた。
「うわっ!?」
　誰……？

起き上がろうとすると、目の前にニョキッと飛び出して
きた顔。
「え……？」
　深いため息をついた彼におでこを小突かれる。
「こんな時間に出歩くもんやないよ」
　月明かりに透かされた薄い茶髪。
　漆黒の瞳に、爛々とした光を持った彼は、まるで夜空み
たいな人だと、思った。
「名前は？」
　ゴロンと横に寝転がった彼が言う。
「戸塚……鏡華」
「どう書くん？」
「鏡に華って書いて、鏡華」
　おじいちゃんがくれた大切な名前。
　でも私はこの名前が嫌いだ。
「俺は真壁深影な。壁と影って言いにくいやろ？　深影で
いいよ」
　真壁でも深影でも、別にどっちでもいいんだけどな。
「新入り？」
「え、えっと……うん」
　引っ越してきたのかって意味だよね？
「そっかー何歳？　中3くらい？」
　なっ……中3!?
　なわけないじゃんか。
「失礼な。もうすぐ高2だよ」

背が低いのが何げにコンプレックスな私。
　中学生か、時々小学生にまで間違われるんだから。
「高２!?　マジか……同い年やん」
「え……嘘」
　年上かと思った。ひとつ上くらいを想像してた。
「マジマジ。そこの東高の２年」
　東高って、私が新学期から通う高校だ。
　もしかして、同じクラスになったり……？
「２クラスしかないけんさ、クラス替えがないんよ」
「少ないね……」
　前の学校は７クラスあった。
　２クラスってことは、同じクラスになる可能性が高い。
　見知った人がいるだけで安心だもんね。
　同じクラスになれるといいな。
「来るんやろ？　東高」
「……一応」
　一応っていうか、もうほぼ決定してる。
　引越しの準備中からお母さんが東高の先生と掛け合って、学力的にも問題なし。
　明後日一応試験を受けるけど、多分確定。
「同じクラスだよ、俺ら」
「なんでわかるの？」
　生徒が知ってるはずないのに。
　もしかして深影のクラスの方が人数が少ないとかかな。
「秘密ー」

人差し指を口元にやって、シーッとする仕草。
　不覚にもドキッとした。
「じゃ、もう帰んな」
　サッと立ち上がった深影が背中やお尻をはたいて私を見下ろす。
　起き上がった私も同じように全身の草をはたいた。
「星見にくるのはいいけど、あんま遅くに来るなよ」
「えー」
　夜遅くに来るのが危ないって言いたいのはわかる。
　何となくごねてみただけ。
　それなのに、伸びてきた手に頬をつままれた。
「いたたたた！　深影！」
「えーじゃねぇよ。来るなら夕方にしろ、そっちも綺麗やから」
「そうなの？」
「保証する」
　グニグニと好き放題に頬で遊ばれて、解放された時にはチリチリと痛むくらい。
「気をつけて帰んな」
　言い残して、階段を足早に降りていく背中を見つめる。
　雲の晴れた空は、清々しいほどに澄み切っていた。

君が触れれば世界は廻る

　ドキドキ、ドキドキ。
「俺が呼んだら入ってこいよー」
「う……はい……」
　心臓が破裂しそうなほどに跳ね上がる。
　先に入っていった先生の声が中から聞こえて、変な汗まで出てきた。
「クラス替えもなく味気ない高校生活に花が咲く日が来たぞー」
　ちょ、えっ？　先生何言ってるの！
「ほい、じゃあどーぞ」
　ものすごい無茶ぶりする先生だな……。
　大きく深呼吸をして、ドアをスライドさせる。
　一斉に視線が集まった。
　私、本当にこういうの無理なんだけど。
　ビキッと音がしそうなくらいに固まっていると、1人の男子が私に向かって手を振った。
「鏡華！」
　ど真ん中の席から私を呼んだのは、あの日以来会うことのなかった深影。
　いつまでも手を振り続ける深影に軽く手を振り返すと、少しだけ緊張がとけてきた。
「お、なんだ知り合いか！」

促されるまま教壇の前に立つけど、人から見上げられる慣れないシチュエーションに声が出てこない。

　そんな中、もう一度深影を見ると、"が""ん""ば""れ"と、口だけを動かして言ってくれた。

「戸塚鏡華です。よろしくお願いします」

　ペコ、と頭を下げる。

　こ、これでいいのかな？

　好きな食べ物とか言った方がいい？

「お前な……もう少し何か言え」

　うう……やっぱりか。

　呆れながらも、はい終了とは言ってくれない先生が恨めしい。

　私さっき廊下で伝えたのに。

　自己紹介とか苦手だから早く済ませてくださいって。

　それを……涼しい顔でアクビなんてしてる先生。

「え……っと……その……」

　無理無理無理無理！

　内心めちゃくちゃ焦りながら、うーんとか、えーとかをボソボソと言ううちに。

「はーい！　質問！　彼氏は？」

　教壇の目の前の席の、坊主頭の男子がニカッと笑う。

「か、彼氏……？　いないよ」

　恋とかそんなの、全く縁がない話だし。

　告白は……中学の時に何度かされたけど。

　高校に入ってからは全然。

もちろん彼氏ができたこともない。
「好きなタイプはー？」
　今度は窓側の席の女子。
　長い髪を高い位置でツインテールに結った、明るい印象の子だ。
「タイプは……えっと……特にないです」
　しいていうなら好きになった人がタイプなんだと思う。
　暴力的な人とか、浮気（うわき）する人とか、そういう人じゃなかったら可能性は誰にでもある。
　偉（え）そうに言える立場じゃないけどね。
「俺も質問」
　次々と巻き起こる質問の嵐の合間に、深影がスッと手を上げた。
　なんか……ことごとく恋愛系の質問ばっかりなんだけど、深影は違うよね？
「この中でアリなんは？」
「は……？」
「このクラスの男子で、一番可能性があるのって誰？」
　言い直さなくてもわかるよ！
　なんでそんなこと言わないといけないの。
　選（え）り好みしてるみたいで嫌じゃん。
　まだ深影以外は知らない……というか深影のこともロクに知らないのに。
「なあなあ、俺は？」
　自分を指差しながら言ってきたのは、一番最初に質問を

してきた坊主頭の男子。

ほ、坊主か……野球部っぽいな。

じゃなくて……アリかナシか？

いやいやいや、そうじゃないよね。

混乱してきた時、パンパンと手を打つ音が聞こえた。
「はい、そこまで。お前ら馬鹿か。惚(ほ)れさせてから言うもんだぞ、そういうのは」

呆れたのか飽きたのか。

先生が指さした席に慌てて座り、荷物を下ろす。
「同じクラスだったろ？」
「深影……」

隣の席に座る深影をジトッとにらみつける。

深影のせいで変な雰囲気になったんだからね。

私の気も知らずに勝ち誇(ほこ)った顔を見せる深影から思い切り顔を背(そむ)けると、不服そうな呟きがボソリと聞こえた。
「だって鏡華、めちゃくちゃ緊張しとるから。余計なことしたんなら謝るけど、よかったやろ？」

最初に手を振ってくれたのはよかった。

そのあとの質問は余計だったというか、絶対に他意があったと思う。

だからお礼なんて言ってあげない。

始業式は午前中だけ。

体育館に移動する途中や休み時間のたびに詰め寄られて、ヘトヘトになった放課後、教室に残るのは私を含(ふく)めた

4人。
「お疲れ」
　机の上に伏せる私の頬に冷たい缶が触れる。
　見慣れたメーカーのオレンジジュース。
「ありがと」
　悠然とコーラの缶を開ける深影にお礼を言えば、フッと笑って缶を口に傾けた。
「あっ！　ねえ、あたしの分は？」
「ねぇよ」
　私と深影の席に椅子を引いて向かい合う2人。
　ツインテールの津崎風香ちゃん。
　それと……朝の質問タイムでは一切口を開かなかった工藤幸久くん。
　工藤くんは長めの黒髪を跳ね放題に跳ねさせた、なんていうか独特な雰囲気の男の子。
　放課後になると同時に自分の席を離れてこっちに来たから、深影の友達……なんだと思う。
「なにそれ。鏡華には優しいん？」
「俺は誰にでも優しいやろ」
　早速名前で呼んでくれる風香ちゃんが私のオレンジジュースを羨ましそうに見てくる。
「飲む？」
「いいん!?　なら一口もらおうかな」
　可愛いなあ。
　オレンジジュースの缶を差し出すと、一口だけ飲んです

ぐに返してくれた。
「ありがとね、鏡華」
「どういたしまして、風香……ちゃん？」
　同学年の女の子と親しくなること自体が久々で、同じように呼び捨てにしていいのかが分からない。
　ためらいながら呼んでみたものの、耐えきれなくてちゃん付けにすると、キョトンと間の抜けた顔を見せた後、背中をバシバシと叩かれた。
「迷わんで呼び捨てでいいやんかー。呼んでみ？」
「ふ、風香……」
「うん！　それでいいんよ。あたしなんか勝手に鏡華って呼びよるし」
　いつの間にか人の名前を呼ぶことにさえ妙な緊張を感じるようになっていたことを改めて思い知って、同時に風香の気遣いを嬉しく感じる。
　自然と頬が緩んで笑ってしまう私に同調したのか一緒に笑う風香の横で、深影と工藤君がひそひそと何か言い合っているのが見える。
「女同士で間接なんかよくできるよな」
「……うん」
　あ、今工藤くんがちょっと喋った！
　というか、間接は嫌だっていう子もいるけど、私はそんなに気にしない。
「いいのー。あたし達もう友達やもん。親友やもん」
「えっ」

「えっ……って違うん?」
　当然、みたいに言われてもね。
　だってまだ会って3時間だよ?
　友達ならまだしも親友はちょっと……。
「まあいっか!　これからなるもんね」
　ニコッと人懐っこい笑みを浮かべられたら否定できるわけがない。
　いい友達になれる……かな?
「さ、どこ行く?」
「え?　帰んないの?」
　帰ろうか、じゃなくて、どこ行く?　っておかしくない?
　寄り道とかしたことない私がズレてるのかな。
「はいはい!　海は?」
「嫌だ。絶対嫌」
　風香の提案を工藤くんがすかさず一蹴。
　工藤くんは猛反対だけど、海かあ……。
　高台から見下ろしただけで、防波堤とか海岸にはまだ行ってないんだよね。
　4月の海って寒そうだし、今度でいっか。
「なら町案内でもする?　鏡華がまだ知らん所いっぱいあるやろうし」
「あ、賛成!　あたしの家においでよ。パン屋やけんさ」
　風香の家はパン屋さんなんだ。
　この間散歩した時には見かけなかったな。
　そんなに遠くまで行かなかったからかも。

「僕も行くの？」
「当たり前やろ！　幸久ん家は和菓子屋やっとるんよ」
　あ……和菓子屋さんなら見た気がする。
　なんか趣のある建物に、老舗和菓子店って書いてあった。
「さ、行くよー鏡華」
「う、うん！」
　4人で学校を出て、町案内が始まった。
　入り組んだ道を迷いなく進む3人について行く。
　多分1人だったら絶対に迷子になるんだろうな。
「そこのキャメルって書いとる美容室あるやろ？」
「あれ？」
　深影が指さす先には、1階部分だけがモダンな感じにリフォームされた美容室。
　外装も、キャメルって名前もオシャレな感じ。
「客なんか年寄りしかおらんのにシャレた名前つけとってさ、みんなキメルって呼びよんのよ」
「あたしらもキメルって呼びよんもんな」
　キャメルがキメル……。確かに言い間違えそう。
「次あっちなー」
　ゆったりとした歩みで町を巡る。
　時々開けた路地から海風が吹き抜けて、潮の香りがする。
　そんな風に乗って、潮とは違う……いい香りが……。
　──グゥゥゥゥ。
　わっ……お腹鳴っちゃった。
「ははは っ。鏡華、腹減っとんのやろ！」

は、恥ずかしい！　深影も風香も爆笑して、工藤くんもこっそり吹き出してる。
　仕方ないじゃん！　お腹空いてるんだもん。
「そこ曲がったらあたしん家やからさ。ちょっと待ってな」
　風香が言い残して走っていった先から、バタンとドアの閉まる音がした。
「いいの？」
「ん。先に行っとけってことやろ」
　先に行っとくって……どこに？
　首を傾げる私を引っ張って、深影がグングンと先に進んでいく。
　通り過ぎたパン屋さんのガラスの奥に、風香と風香のお母さんらしき人が笑いあっているのが見えた。
「鏡華がそっちな」
「えっ……え？」
　更に路地を曲がった先は、風香の家の裏側だった。
　そこにあったのは、大きくて立派な庭と真っ白なテラス。
　──カランカラン。
　ベルの鳴る音がして、見ると風香が大きなバスケットを抱えて裏口らしき所から出てきた。
「お待たせ！」
　促されるままに座った席の隣に風香が座って、テーブルの上にバスケットが置かれる。
　その中には色んな種類のパンが入っていた。
「好きなの食べてな。あ、でもあんぱんはあたしのやけん！」

サッと先にあんぱんを頬張って、慌ただしくまた家の中に戻っていった風香。
「風香って落ち着きないやろ？　いつもあんなんやけん疲れる」
　やれやれ、と言いたげに早速パンを頬張って深影がため息をつく。
　疲れるってさすがに言い過ぎな気がするけど、これも一種の友情表現かな……。
　チラッと正面に座る工藤くんを見ると、無心で長いフランスパンをかじっている。
　工藤くんってなんか……不思議な人。
　無造作に跳ねた髪は天然っぽくて可愛いし、一見クールな立ち振舞いもモテそう。
　深影もけっこう整った顔をしているけど、工藤くんもこうして見るとかなりかっこいい……。
　そう思いながら工藤くんをジッと見ていると、フランスパンを頬張りながら顔を上げた。
「なに？」
「ううん、なんでもない」
　見惚れていたわけじゃないけど、人の顔をジッと見るなんて失礼だったかな。
　バスケットの中からメロンパンを手に取って一口。
「おいしい……！」
　なにこれ！
　出来立てだからかな……あったかくてサクサクしてる

し、甘くておいしい。
「気に入ってくれたんならよかったわ」
　再びドアにぶら下がるベルが鳴って、コップとジュースのペットボトルを持った風香が出てきた。
「ごめんなー、オレンジしかなくて。鏡華はさっき飲んだけん飽(あ)きとんかもしれんけど……」
「ううん全然！　私オレンジジュース好きなの」
「そうなん？　あたしと同じやな」
　あんこをほっぺにつけた風香がコップにオレンジジュースを注(そそ)いで渡してくれる。
　まだメロンパンの甘さが残る口の中にオレンジジュースを流し込む。
　程よい酸味が効いたオレンジジュースは今までに飲んだことのない味で、メロンパンの後味といい感じに絡(から)んだ。
「このオレンジジュース……」
「おいしいやろ？　それな、ここら辺でしか売ってないやつなんよ」
　だから飲んだことのない味なんだ。
　加工された甘さが大半を占めるオレンジジュースばかり飲んでいたから、まさに搾(しぼ)り立てっていう感覚は初めて。
　夢中になって飲み干すと、すぐおかわりを注いでくれた。
　メロンパンを食べ終わった後、風香に薦(すす)められてカレーパンとクロワッサンを食べた。
　カレーパンも出来立てだから中のカレーがほかほかしておいしかったし、クロワッサンも皮がサクサク。

津崎家のパンの味をすっかり気に入ってしまった。

風香はあんぱんを1つ食べただけでほかのパンに手をつけようとしないから、聞いてみると『家の中でもう1個つまみ食いしたんよ』って笑っていた。

工藤くんは大きなフランスパンを1本食べきって満腹になったらしい。

深影はクリームパンやチョコがたっぷりのコロネとか、甘いものばっかり食べていた。

甘党なのかな?

私も甘いものは好きだけど、ほどほどがいい。

お腹がいっぱいでしばらく休んだ後、深影に連れられて来たのは……。

「うげー……ニシロ階段やん」

風香が心底嫌そうな顔をする階段は、最近夕方になると毎日登っていた、草原がある高台への道。

階段の始まりを少し逸れた道の先が私の家だ。

ここに来るまでに通りかかった工藤くんの家は店休日ということで、荷物だけを置いてきたみたい。

風香も家で荷物を置いてきたし、私も……。

「俺ちょっと荷物置いてくるな」

私も荷物置いてくるね。

そう言おうとした時、深影が先に走っていってしまった。

「そこが深影の家なん」

「え……!?」

風香が教えてくれた……というか深影が入っていったの

は間違いない。
　私の家の隣。
「わ、私も荷物置いてくる！」
「えっ!?　ちょ、鏡華!?」
　ガラガラと引き戸を開けて中に入り、走ったせいで乱れた呼吸を整える。
　深影の家……隣だったんだ。
　挨拶した時は人の良さそうなおじいちゃんとおばあちゃんしかいなかったから、知らなかった。
　それにあの夜から今日まで一度も会わなかったし。
「あら……鏡華？　遅かったわね」
「お母さん！」
　やばい……私お母さんに連絡するの忘れてた。
「お昼ご飯待ってたのよ」
　うっ……食べてきたなんて言えない。
　でももうお腹いっぱいだし……。
「ごめん……友達の家でパン食べてきちゃった」
　正直に告げると、お母さんは一瞬驚いた顔をした後、なぜか涙ぐんだ。
「お、お母さん!?」
　なんで泣くの？
「よかった……」
「え……？」
「あんなことがあった後だから……鏡華にお友達ができてよかったわ……」

お母さん……。

今日家を出る時、心配そうにしてくれてたもんね。

病院で目が覚めた時から、家に帰ってからも毎晩お母さんが泣いていたのを知ってる。

私の前ではあまり泣かないお母さんの嬉し涙。つられて泣きそうになったけど、グッと唇を噛んで耐えた。

「遊びに行くの？」

「……うん、友達と」

そう言うと、お母さんは涙を浮かべながら綺麗な笑顔を見せてくれた。

「いってらっしゃい」

手を振ってくれるお母さんに、荷物を預けて家を出る。

ローファーからスニーカーに履き替えて外に出ると引き戸の真横に貼り付いた深影がいた。

「遅いよ」

「わっ……深影……」

深影がいたことにも驚きだけど、なんで着替えてるの？

Tシャツに、ふくらはぎまでのズボン姿の深影。

工藤くんも風香も制服のままだったのに。

「汗かくんに制服のままやと嫌やろ」

「へ……？　汗？」

スッと深影が隠し持っていた袋を持ち上げる。

中からはラケットらしきものが4本覗いていた。

「鏡華も着替えておいで」

「わ……かった」

慌てて着替えに戻った私を見てお母さんはビックリしてたけど、笑ってた。
　そういえば……深影はいつから外にいたんだろう。
　お母さんと話してたこと、聞かれてないよね？
　お互いに私服姿になって階段に戻ると、1段目に腰掛けた工藤くんと風香がバッと顔をあげた。
「遅いわ！　ここら辺暑いんやけんはよして……ってあんたらなんで着替えとの」
　風香がポカンとした顔で私と深影の服装を見比べる。
「やるやろ？」
　袋の中から覗くラケットを見て、工藤くんが大きなため息を吐いた。
「だから嫌って言ったのに」
「あたしも嫌やわ。階段登るだけでもキツイんに……」
　げんなりした顔で風香が言うけど、この階段ってそんなにキツいっけ？
　それに……。
「ニシロ階段って？」
「この階段246段あるんよ。やけんニシロ階段。偶数続きでいいやろ？」
「そう……かな？」
　偶数続きは珍しいかもしれないけど、別にだからいいってわけじゃないと思う。
「はよせんと日が暮れるぞー」
　ラケットの入った袋をガチャガチャと鳴らしながら深影

が先頭を駆け上がる。

　その後をしぶしぶながらに２人も追いかけていった。
「遅いぞー」

　頂上についた時にはすでに深影がラケットを取り出して素振りをしていた。

　246段あるって意識するとけっこうキツかったのに……深影は全然平気そう。

　階段の下を見ると途中で追い抜かした２人は真ん中の辺りをゆっくりと登っている。

　私はこの数日間でちょっとは慣れたおかげかな……もうだいぶ息が整ってきた。
「ほい、パス」

　ラケットの持ち手の部分を差し出されて、そっと受け取る。バドミントンなんていつぶりだろう。

　使い込まれた感じのあるラケットは、ズシリと重い気がした。
「ああ～！　疲れた！」

　その時、ちょうど階段を登り終えた２人がこっちに来る。
「よしっ！　そろったな！」
「そろったな！　じゃないわ！　ちょっと休ませて……」
「なんだお前ら、体力老人並みやんか」
「うっさい馬鹿」

　言い返しながらもゼェゼェと息が苦しそうな風香。

　飲み物を持ってくるべきだったかな……。
「しゃーねぇーな。何かもらってくるけん待っとけ」

「深影？」
　様子を見ていた深影がラケットを置いて草原の奥に走っていく。
　あれ……なんだろう。
　小さい小屋みたいなのがある。
「ね、風香、あれなに？」
「ん？　あーあれな……マツじいの家」
　マツじい……って誰？
「ここって私有地なんよ。出入りは自由なんやけど、たまーにゴミとか捨てに来るやつがおるけん、マツじいが監視しとんの」
　か、監視……？
　ってことはもしかして私が毎日ここに来ていたのも見られてた……とか。
「まあ、四六時中見張っとるわけやないけん気にせんでいいよ」
　ジッと小屋を見ていると、中から２人が出てきた。
　何か言い合いっぽいものをした後、深影が走って戻ってくる。
　その手には半分凍ったお茶のペットボトルが４本。
　１人１人に手渡して深影が大きく息をついた。
「お前らのせいでまた俺のツケが増えた」
　え……これツケなんだ。
　飲んでいいのかな？　って迷ったけど、工藤くんも風香も気にしてないみたいにフタを開けてる。

「鏡華は気にせんでな」
　コツ、と深影の持つペットボトルを頬に押し付けられた。
「つめたっ！」
　突然のことにビックリして飛び上がると、深影が吹き出して笑う。
　ムッとしながらペットボトルに口をつけると、キンキンに冷えたお茶が喉を滑り落ちていった。

　ポンポンとシャトルを行き交わせるだけだった打ち合いが、まるで本気の試合のようになってきた頃。
「疲れた？」
「……うん、ちょっと」
　腕まくりまでして白熱した戦いを繰り広げる工藤くんと風香を見ながら、ぼんやりとする私の横に深影が座った。
「慣れてないけんな……明日も学校なんに、ごめんな」
「大丈夫だよ。楽しかった」
　ここ最近通いつめて見ていた夕焼け空。
　深影と見るのは初めてだ。
「ゆ、幸久ぁ……あんたいい加減落としてよ！」
「嫌だね」
　まだまだ終わりそうにないバドミントン勝負の行方を追いながらも、視線ははるか頭上。
　それに気付いた深影も同じように空を見上げる。
「綺麗だね……」
　深影が教えてくれたこの空が私はとても好きになった。

「保証するって言ったやろ」
「うん、信じてなかった」
　夜空よりも綺麗だと思えるものがあったなんて。
　夜空も好きだけど、同じくらいにこの夕焼け空も好きだ。
　赤から青に染まって、黒になっていく瞬間を見逃したくなくて、瞬きを忘れるほど。
　それに、なにより……。
「ほら、一番星」
　深影の視線の先、キラリと光る１つの星。
　ぐるりと空を見渡して、確かにそれが一番星であることを知る。
　一番星を見つけるのが私の楽しみなのに。
　深影に先に見つけられてしまった。
「ここに来るとね」
　ポツリと思ったことがそのまま口に出る。
　自分自身でも驚きながら、言葉を続けた。
「空って毎日違うんだなあって思うの」
　前にいた場所では、星が少ない、雲が厚い、風が強い、排気ガスが多い……そんなことだけで、空の違いを決めていた。
　でも、ここは違う。
　毎日違う位置にある星があれば、同じ位置に見つけることもあって日ごとに違う景色を見せてくれる。
　今日はあの星の瞬きが弱いとか、隣に並ぶ星が１つ増えたとか。

そういうことが全部わかる、見える。
「そりゃあ、今日の空は明日にはないもんな」
「そうだね」
　私はずっと、今日の空が明日同じように広がるんだと思っていた。
　ただ見え方が違うだけで、空は変わらずそこにあるんだって。
　けど、そうじゃなかった。
「こん前さ、ここで初めて鏡華と会った時」
「うん？」
　なんだろう……。
「いいなあって言いよったやん？　あれ、なんなん？」
　確かにそんなことを言った気がする。
　満天の星を見て、言ったこと。
「万華鏡みたいだって思ったの」
「万華鏡って……あの筒の中にビーズやらが入っとるやつ？」
「うん」
　世界は廻る。
　私が万華鏡を回せば、そこにあったものは消えて、また違う世界ができる。
　繰り返すうちにまたもとの模様に戻って、世界は廻る。
　筒に閉じ込められた小さな世界。
　覗いて見えるのは、例えるならば夜空と、そこに散りばめられた星。

あの星にも限りはあるのかもしれない、それでも。
360度回しても終わりのない夜空が、羨ましかった。
「万華鏡って、鏡華みたいやな」
「え……」
「名前に入っとるやん」
　万華鏡の中にある"鏡華"。
　なんですぐに気付くんだろう。
　それは、その名前は。
　おじいちゃんがくれた大事な名前。
　おじいちゃんが好きだった万華鏡の一部を私にくれたの。それなのに……私は……。
「っ……！」
「鏡華……？　どうしたん」
　突然顔を覆った私を、急いで起き上がった深影が心配そうに覗きこむ。
「鏡華」
　やめて。
　その名前で呼ばないで。
　私が壊した万華鏡。
　もう二度と直らない万華鏡の破片が、まだ私の中に貼りついて離れない。
「……ふっ……」
　なんで思い出してしまうんだろう。
　名前を呼ばれるたびに蘇(よみがえ)る記憶を、かき消すことには慣れたはずなのに。

なんで今頃……。
止まらない涙に、腕をグッと目に押しあてる。
なんだろう、これ。
左目からは確かに涙が出ているのに。
右目からは涙が全然出てない。
そこであることを思い出した。
大岩先生が言っていたんだ。
私の眼は眼球破裂だけじゃなくて涙管損傷(るいかんそんしょう)もしているから、涙が出ることがないって。
いくら義眼をはめて普通の目を装ったって、この眼はもう眼としての機能を失っている。
物を見ることができなくても、光を通すことができなくても。
せめて涙が出てくれたら、どんなによかったか。
「鏡華」
ふわっと体に重みがのしかかって、頬に手が触れた。
抱きしめられて……る……？
「み、かげ……」
「泣くなよ」
優しく、でも力強く。
目元を覆う腕を押し上げられて、至近距離(きょり)で深影と目が合う。
鼻先が触れ合う距離にドクッと心臓が跳ねた。
近いよ、深影。
ビックリして涙止まっちゃったし。

「……お前」
　訝しげに目を細めた深影の指先が目元を滑る。
　左目に残ったわずかな涙の粒を拭って私から離れた。
　今……バレた？
　涙もそうだけれど、全摘出された場合は義眼がほとんど動かない。
　だからどんなに本物に似せた義眼でも、近付きすぎると気付かれやすくなる。
「何があったか知らんし、言いたくなったらでいいけんさ、いつか話してな」
「え……？」
「鏡華が泣くのは……嫌や」
　なにそれ。
　私が泣いたって深影には関係ないじゃん。
「笑ってた方がいい」
　ムギュ、と初めて会った時みたいに頬をつままれる。
　そのまま押し上げるようにグイグイされると口角が上がった。
「その方が可愛いよ」
「っ……なに……言ってんの」
　可愛い、なんて。
　こんな無理やり口角を上げられて。
　お世辞にも可愛いとはいえない笑みだろうに。
　そんなこと言うのは……ズルい。
　さっきまで泣いてたのが嘘みたいに深影のペースに飲ま

れて、手を離されると同時に、思わず自分の意思で笑って
しまった。
　泣いてるよりも笑ってた方がいい。
　深影がそう言ってくれるだけで、自然と笑えた。
　なんで、ただ笑えることがこんなにも嬉しいんだろう。
　深影が触れるだけで、私の世界がコロコロと変わってい
く。私の嫌いな、万華鏡みたいに。
　何通りかに縛られた万華鏡じゃなくて、たった一度きり
しか見られない模様だってある。
　深影が回すのは、そんな世界だった。

弾(はじ)けた世界の迷う先は

　——～♪～♪
　お風呂上がりに髪を乾かしていると、携帯が鳴った。
　珍しいな、電話なんて。
　着信相手の表示を見て頰が緩む。
　話すのは引っ越し前以来かも。
「もしもし、佐山さん？」
『戸塚さん！　久しぶりー！』
　通話ボタンを押して耳に携帯を当てた途端、元気な声が聞こえてくる。
『元気にしてる？』
「うん、佐山さんは？」
『もちろん！　元気だよ』
　そっか、よかった。
　高橋さんと一緒に見送りに来てくれたけど、それ以来連絡を取ってなかったもんね。
　２人とは連絡先を交換(こうかん)したけど、なんとなく自分からは電話とかしにくくて。
『もうそっちには慣れた？』
「だいぶね。いい所だよ」
　もう４月も終わる。
　小学校からほぼ同じメンバーだというクラスメイト達の輪にも結構溶(と)け込んだと思うし、深影と風香、工藤くんの

３人とは常に一緒にいる仲だ。
『今度よっちんと一緒にいっていい？』
「え、こっちに？」
　私は別に構わない……というか歓迎だけど……。
「遠いよ？」
　車で８時間ってことは、電車だとどれくらいだろう。
　乗り換えもあるし最寄り駅からはバスでの移動になるから大変だと思う。
『平気！　戸塚さんに会いたいもん』
　佐山さん……高橋さんも一緒に来てくれるんだ。
　なんか申し訳ないな。
　かといって私が佐山さん達の所に行くのも正直嫌だ。
　佐山さん達の所っていうか、あの町には戻りたくない。
『よっちんと日程決めてまた連絡するね』
　そう言われて電話は終わった。
　夏休みか、早ければ５月の連休辺りかな。

　すっかり東高の雰囲気にも慣れてきた５月の始まり。
「雨だ……」
　梅雨入りにはまだ全然早いのに、珍しく大雨が降ってる。
　どうしよう……今日、傘持ってきてないんだよね。
　学校に行く途中で通りすがりのおばあちゃんが、今日は雨が降りそうだとか言っていたけど、本当だったんだ。
　天気予報よりも地元の人の勘の方が当たる。
　夕立ちが来るとか、潮風が強くなるとか、そういうの全

部当たっちゃうんだもん。
「あっちゃー……雨かあ」
「風香、傘は？」
「忘れたんよ。雨が降るって聞いてたんやけどな」
　５時間目の授業が終わった段階でこの大雨。
　もっとひどくなりそうなのに、お互いに傘がない。
「深影は傘持ってる？」
　午後の授業が始まってからずっと机に伏して眠っていた深影に聞くと、首を横に振られた。
「忘れた。じーちゃんが言ってたけど」
　風香もだけど、深影までどうしておじいちゃんが言ってくれたのに忘れるの。
「幸久も持ってないって。４人で濡れて帰るしかねぇわな」
　大きなアクビをしながら、何でもないことみたいに言うけど。
　学校から私と深影の家まで、歩いて20分。
　風香は割と近いけど、工藤くんの家は海に近いからもっとかかる。
　もしかしたら、風邪を引くかもしれない。
　５月だってまだまだ寒い日があるから。
「春霞屋に寄ればいいやろ」
「あ、それいいやん！　傘借りれるしな」
　賛成、と風香が言った瞬間、チャイムが鳴って先生が入ってきた。
「深影、春霞屋って？」

「帰り途中にあるんよ。楽しみにしとってな」
 もう……なんで教えてくれないの。
 深影はまた眠そうに目を擦るだけで、それ以上は教えてくれなかった。

 そして放課後。
 雨は更に勢いを増し、外が見えないくらい。
 かろうじて雷(かみなり)が鳴っていないのが救いかな。
 他の皆はちゃんと傘を持ってきていて、聞いてみたら『え？　だってばあちゃん達が雨降るって言ってたから』と、そろって当たり前のように言われた。
 雨足が弱まらないのを確認して深影が立ち上がる。
 それに私と風香は続いたのだけど、工藤くんだけは嫌そうな顔をした。
「……本当に行くの？」
「もう、仕方ないやろ！　学校に泊まれんのやけん」
 まあ、学校に泊まるわけにはいかないよね。
 見回りの先生がいるし、食べ物もない。
 しぶしぶ立ち上がった工藤くんもそれはわかっているんだろう。
 ──ザァァァァァァァァァ……。
「これは……すごいね台風並みやん」
 さすがの風香も外に出ると顔を引きつらせる。
 滅多(めった)にないよこんな雨。
 これで天気予報は晴れだったんだから、あのニュース番

組は信用できない。
「もう行くぞ」
「深影!?」
　思い切って走り出した深影の後を風香が続く。
　わ、私も行かないとその……何だっけ、春霞屋さんがどこにあるのかわからない。
「工藤くん、行くよ！」
　未だに嫌そうな顔の工藤くんの手を引いて走り出す。
「ちょっと……鏡華……」
　絶対本気で走れば私より速いはずなのに、手を引く私に合わせて走ってくれる工藤くん。
　ちょっとずつ話すようになっても相変わらず不思議だなって思うけど、こういうところは優しい。
「工藤くん！　春霞屋ってどこ!?」
　雨音に負けないくらい大きな声で言わないと聞こえないよね。
　雨に濡れるといけないから、4人ともカバンを学校に置いてきた。
　もちろん携帯も。
　連絡を取る人なんて佐山さんと高橋さんと……あと大岩先生がたまに電話してくれるくらいだから、問題ないかなって。
「そこを左に曲がって、階段を下ったところの横」
「え……っと……何て言ったの？」
　雨音に遮られて全然聞こえなかった。

「はあ……」

た、ため息？

なんでそんなのだけ拾っちゃうんだろう私の耳は。

とりあえず右に曲がろうとした時、握ったままだった手を逆に引っ張られた。

「こっち」

「うわわ……待って！　工藤くん！」

こける！　滑る！

引っ張られた勢いでツルッとローファーの底が滑る。

こける、そう思ってギュッと目をつぶったけど……。

あれ……痛くない……？

「危なっかしいね」

胸とお腹の辺りに回される、シャツから透けたたくましい腕。私、工藤くんに抱きしめられてる……。

「ほら、立てる？」

崩れた体勢を直してくれた工藤くんを見上げる。

「あ、ありがと……」

「うん。早く行こう」

いつもは跳ねた黒髪が、雨に濡れたせいでペタンと貼り付いた工藤くんはなんていうか……色気がすごい。

水も滴るなんとやらって、工藤くんみたいな人のことを言うんだろうな。

深影も濡れたらかっこいいのかな……。

って……何考えてんの私。

雨のせいで寒いはずの体が、熱く火照る。

指先まで熱くなっている気がして、握り合った手を解こうとしたけど、工藤くんが離してくれなかった。

　――ガラガラガラガラ。
　明かりが漏れる古い木の引き戸を開けると、ストーブの前で椅子に座る深影と風香がいた。
「やっと来たー。遅いよ！　先入るとこやったんやからね」
「お前らが早すぎるんだよ」
　文句の言い合いを始める風香と工藤くんを他所に、私は奥のすりガラスに目をやる。
　モクモクと煙の立ち込める、すりガラスの中。
　もしかして……銭湯？
「ほら、あんたらはよ入っといで！　服は乾かしといてやるから！」
　番台にかがんでいたらしい大柄なおばさんがバサッと4枚投げてくれたのは、バスタオル。
「着替えは適当に用意しとくからね」
　とおばさんは番台の奥に行ってしまった。
「さ、行くぞー幸久……ってお前ら何その手」
「……っ！」
　バッと勢いよく解かれた手。
　そういえば……工藤くんと手繋ぎっぱなしだった。
「あっ、ごめんね……」
「いや……」
　………どうしようこの雰囲気。

深影は黙ったままだし、風香はなんか口元に手を当ててるし。
「い、行こ！　早くせんとおばちゃんに怒られるよ！」
　風香が何とか空気を変えてくれたおかげで、抜け出せた。
　それぞれの脱衣所に分かれて制服を脱ぐ。
　水を吸ったセーラー服はずっしりと重い。
　前の学校の制服はブレザーだったから、もっと大変だっただろうな。
　まあでも……そもそも雨が降ったときは置き傘を借りていたし、銭湯なんてなかった。
　この場所に来なかったら、こんな体験できなかったんだよね……。
「そこのカゴに入れてたらおばちゃんが取りにくるけんね」
　あ、これかな？
　ピンクのカゴの中に制服と下着を放り込む。
　誰かとお風呂に入るのなんて修学旅行以来だ……。
　恥ずかしくなって風香に背を向けるけど、風香はそんなこと気にしてないみたいに服を脱ぎ捨てて浴場に入っていった。
　先に髪と体を洗って、少し熱いお湯に浸かる。
　お湯が熱いんじゃなくて、体が冷えてるからなんだろうけど、ピリピリする。
「あー……極楽極楽」
「風香、おばあちゃんみたい」
「えー？　銭湯に来たら言うもんやろ？」

「私銭湯来たの初めてだもん」
　まさか初めての銭湯が学校帰りになるなんてね。
「ほんとに？　もったいないなー私は週１よ？」
「前に住んでたところにはなかったの」
　温泉ならあったけど、お母さんと２人だったし小さい頃に行ったきり。
　おじいちゃんと一緒に男湯に入れるくらいの年齢のときには、しょっちゅう行ってた気がする。
　それでも温泉と銭湯じゃ雰囲気が違うというか……私的には銭湯の方が落ち着くな。
　思う存分に足を伸ばしたり、両腕を上げて伸びをしたり。
　自分なりに銭湯を堪能していた時、風香がさっきのことを問い詰めてきた。
「でさ、さっきの何やったん？　幸久と手繋いでたの！」
「えーとそれは……深い意味はなくて」
　あーもう、こんなこと言う方が余計に怪しいのに。
　ほら、風香ニヤけてるし……。
「そんなわけないやーん！　幸久があんなんするなんか珍しいんよ？」
「それは……そうだろうけど……」
　手を繋ぐこと自体、私でもそんなにしないのに工藤くんだと尚更だろう。
　でも今回のには、本当に深い意味はない。
「鏡華は幸久のことどう思っとんの？」
　どう？　どうって……。

「可愛い……とは思うけど」
「可愛い!? どこがよ」

　跳ねた髪とか、フランスパンをまるまる食べるところとか……あと、深影の無茶ぶりにも何だかんだ付き合ってるところとか？

　見た目はかっこよくて内面は可愛いって、ギャップそのものは好きだけど……。

　その好きはあくまでも友達としてであって、風香が想像しているようなものじゃないと思う。
「んじゃあさ、深影は？」
　深影……!?
「深影のことどう思っとんの？」
　深影は……うん……。
「鏡華、ほっぺ赤いよ？」
「へっ……!?　いや、違うよ！　熱いだけ」
　ちょっとのぼせちゃっただけだよ。
　深い意味なんてない。
「深影は……ふとした時にそばにいてくれて」
　何となく前の学校のことを思い出してしまったりする時、深影は隣に座っててくれたり、背中を触れ合わせてくれたりする。
　学校では見せない私のそんな姿を、深影だけは知ってる。
「すごくあったかい人だよ」
　背中や髪に触れる手が優しくて、そのぬくもりがとても恋しくなる時がある。

「…………」
「風香？」
　黙り込んでしまった風香を見ると、大きく目を見開いて私を見つめていた。
「……それって」
　それって？
「なに？」
「……いや、何でもない」
　ブクブクとお湯の中に沈んでいく風香。
　言いかけといてやめるなんてひどいなあ……。
「ふーうか？」
　風香の脇の下に手を通して持ち上げる。
　なんかもう恥じらいとかなくなっちゃった。
　同性なんだし、別にいいかなって。
「ちょっ……鏡華。それはあたしがつらい」
「えっ、ほら沈んでくからだよ……息苦しくない？」
「そうじゃなくて」
　当たってる、と照れくさそうに言われて、やっと意味を理解した。
「なんでこんな発育いいん、詐欺か」
「……ごめん」
「謝らんでよ」
　ジッと胸元に注がれる視線が痛くて、風香に背を向けるしかなかった。
　本当にのぼせてしまう前に脱衣所に上がると、見覚えの

ないTシャツと短パンが置かれていた。
「下着も置いとるけん、それに着替えて。制服もすぐ乾くわ」
　番台から顔を覗かせたおばさんに言われて、いそいそと着替える。
　外の雨音が全然しないけど、もしかして雨止んだのかな。
「鏡華、髪乾かさせてくれん？」
「え……うん、いいよ」
　いつもはツインテールの長い髪を、タオルでまとめあげた風香に手招きされて、丸椅子に座る。
　私はそんなに髪が長くないから風香が先に乾かせばいいのに。それに、胸元までの髪はいつもおろしているから、面白みもなにもない。
　お風呂に入っている間も風香は髪をアップにしていたけど、洗っている時はすごく綺麗だった。
　ずっとこの長さをキープしているし、風香と同じくらいの長さとは言わないけど今度は伸ばしてみようかな……。
　ドライヤーのぬくもりが気持ちよくて、だんだん眠くなってくる。
　お風呂上がりってものすごく眠くなるんだよね。
　子供かって感じだけど、睡魔には逆らえない。
　何とか首がコクコクと揺れるのに耐えて、髪が乾き終わるのを待つ。
「はい、終了ー」
　満足そうな風香の顔が鏡に映る。
「風香は？」

「あたしは家に帰ってからでいいよ。時間かかるし、幸久達もう上がっとるやろ多分」
　ずっと隣は静かだったけど、もう出てるのかな？
　ヒョイ、と顔を出すと番台の下のベンチに腰掛ける深影と目が合う。
「っ……」
　ドキッとした。
　だって……髪濡れたままだし、肌綺麗だし……。
　思わず見惚れていると、数秒で先に視線を外される。
　お風呂上がりだからか微かに赤い頬。
　男の子のお風呂上がりって、見るの初めてかも。
　深影の隣に座る工藤くんはしっかり髪を乾かしていた。
　濡れた時に貼り付いた髪といい、今のふわふわの髪といい……やっぱりなんか、可愛い。
「おばちゃん、まだ？」
　なぜか視線を合わせようとしない深影が番台を仰ぐと、ちょうどそのタイミングで紙袋が差し出される。
「またおいで」
　人の良さそうな笑顔で見送られて外に出ると、思った通り雨はすっかり上がっていた。
「深影！　あんた家隣なんやけん鏡華と一緒に行っちゃらんな！」
　ズンズンと先に行ってしまう深影はちょっと不機嫌にも見える。
　私、なんか怒らせるようなことしたっけ？

工藤くんと手繋いでたこと？
　　そんなわけないよね。
　　もう風香と工藤くんと別れる道だし、一緒に帰りたいな。
　　そう思っていると、背を向けたまま深影が足を止めた。
「なんなん、あいつ訳わからんな」
「２人のせいだと思うけど」
　　工藤くんがため息をつくけど、意味がわからない。
　　私だけならまだしも、風香まで？
　　なんで？
「風呂ん中で話してたの全部聞こえてたから」
　　じゃあ、と路地の曲がり角に消えていく工藤くん。
　　え……今なんて言った？
　　全部聞こえてた……って……。
「あーまたやらかしたわ。ごめんな鏡華。あそこ声が響くんよ」
「いやいやいやいや、風香何言ってんの」
　　しまったって顔しなくていいよ！
　　それより……え？
　　聞こえてたってことは私が言ったことも全部だよね。
「まあ、幸久も深影も照れとるだけやん？　また月曜な」
　　手を振って工藤くんとは反対の路地を曲がっていった風香に何も返せないまま、ひとり取り残される。
　　照れてるってそんなわけないじゃん。
　　工藤くんには男の子に対してなのに可愛いなんて言っちゃったし。

深影……には……結構きわどいというか、告白まがいなこと言っちゃったよね。
　今更ながら頬がジワジワと熱くなる。
　男湯とは壁(かべ)で区切られているだけで、上の部分は開いていたから、聞こえていたとしてもおかしくない。深影達の声が全然しなかったから気にも留めてなかった。
　恥ずかしいけど、待っててくれてるんだもん。
　行かないと……。
「深影、行こう」
　隣に立つことができなくて、一歩後ろに立つ。
　顔を見られないように、うつむいていると。
「んむっ！」
　グッと頬を持ち上げられた。
　顔が、近い。
　高台で遊んだ時以来の近すぎる距離。
　肩を触れ合わせたり、背中を合わせたりすることはあっても、深影は不用意に顔を近づけてきたりしない。
　じゃあ今のこれは……なに？　深影の瞳の奥が熱を持ったように揺れていて、胸が高鳴る。
　のぼせたんじゃないよね。
　さっきまで普通だったもん。
「鏡華」
　熱に浮かされたように、深影が私を呼ぶ。
　上向けられた顔をどうすることもできなくて、視線だけをうつむけようとした時。

「っ……み、かげ？」
　不意に深影の顔が迫ってきた。
　まつ毛が長いとか、そんなのどうだっていい。
　揺れる瞳がゆっくりと細められていくのを見て。
「深影！」
　反射的に深影を突き飛ばした。
　あ……。
　よろめいた深影は一瞬目を見開いたあと、悲しげに眉を下げる。
　どうしよう、今……私……。
「深影っ」
「ごめん」
　とっさに呼び止めたけど、深影はそのまま背を向けて走り出す。
　路地の多いこの場所では深影の背中なんてすぐに見えなくなる。
　スッと体中の熱が冷めていく感覚。
　だって、こわかった。目の前にいるのは確かに深影なのに、深影じゃないみたいで。
　あのまま流されていたらどうなっていたかくらい、私にもわかる。
　いつもは優しい手も、さっきは力が強くて振り払えなかったし、なにより深影のあの瞳から目を逸らせなかった。
　でもあのまま受け入れちゃいけない気がした。
　間違ってないよ。

私と深影の間にあるのは確かな関係なんかじゃなくて、もっと細くて弱いもの。
　まだ出会って1ヶ月しか経ってないんだよ？
　深影は私の様子が変なことに気付いても、何も聞かないでいてくれる。
　深影が私の事情を知らないように、私も深影のことを何も知らない。
　弱いところなんて1つも見せないし、いつだって余裕そうに見える。
　でもね……時々、すごく苦しそうにするのも知ってるよ。
　そんな時に手を伸ばそうとすると、すぐにいつも通りに戻ってしまうのが寂しくて仕方ない。
　私には欲しい言葉なんてない。
　いつだって深影は、私が泣きたくなった時にはぬくもりだけをくれる。
　言葉をくれないんじゃない。
　その分、ぬくもりという名の優しさをくれる。
　そんな深影をあたたかいと思うのは、どうしようもなく恋しくなるのは……なんでなんだろう。
『深影のことどう思っとんの？』
　脳裏にさっきの風香の言葉が浮かぶ。
　そばにいてくれるとか、あったかいとか。
　それは全部本心だけど、きっとそれだけじゃない。
　頬が熱くなったのも、胸が高鳴るのもきっと……深影のことを特別に感じているからなんだと思う。

でもそれを言葉にしてしまうにはまだ、足りないものが多すぎる。
　深影のことをもっと知りたい。
　少しずつ、深影のことを知っていけたら……。
　そう思っていたのに、次の日から深影は露骨に私を避けるようになった。
　ゴールデンウィークを挟んだせいかと思ったんだけど、学校が再開されても変わりがない。
　自然と深影には工藤くんが、私には風香がそばにいるようになって、4人で一緒にいることがほとんどなくなった。
　最初は風香が深影と私の間にいてくれたけど、どうにも気まずい雰囲気が消えなくて。
　結局工藤くんの提案で一旦距離を置いて、今日でもう1週間。
　毎日一緒に食べていたお弁当も、風香と2人で向かい合って食べる。
　深影と工藤くんは4時間目が終わるとすぐに出ていってしまうんだもん。
　多分、購買の付近か外で食べているんだと思う。
「それにしても、いつまで意地張ってんのかね深影は」
　心配そうにしていた風香も、今ではちょっとイライラしてる。
　私が原因というか……深影と私の間であったことに風香と工藤くんを巻き込むのは本当に申し訳ない。
　私もね、何度も深影と話そうとしたんだよ。

でもあからさまに避けられるというか、話しかけようとしたら逃げられる。
　声をかける前に勘のいい深影には気付かれてしまうから、どうしようもない。
「やっぱり引っ捕まえてこようか？」
「それはいいよ」
　風香が言うと本当にそうしかねない。
「というか、何があったん？　深影がいきなりあんなんなったんやないやろ？」
「そう……だけど」
　なんの事情も話さずに巻き込んでしまってるのは悪いと思ってる。
　いきなりこんなギスギスした関係になって、困惑しているのは風香や工藤くんの方だ。
「帰りでいい？」
　いつまでもこのままじゃいけないよね。

「はあ!?　キス!?」
「風香！　声が大きいよ」
　窓や玄関を開け放した家の多いこの町では、どこに耳があるかわからない。
　だから少し離れた防波堤で風香に経緯を説明したのだけど……いくら人がいないからって、大声で言われるのは恥ずかしい。
「えぇ……だって本当なん？」

「冗談でこんなこと言わないよ」
「まあ、そんなら深影の様子が変なんも納得できるけどさ」
　海の方に投げ出した足をバタバタさせる風香。
　夏になったらここから飛び込みをするって、クラスの男子が言ってたっけ。
　澄んだ青色がどこまでも続いて、深い藍色になっていく。
「鏡華は、深影のことなんも知らんって言ったやん？」
「うん」
「あたしもそんなに知らんのよな」
　え？　そうなの？
　風香なら深影のことをよく知ってると思ったのに。
　だからって風香から聞くつもりではなかったけど、意外だな。
「深影がこっちに来たのは中２の時なんよ」
「転校してきたってこと？」
「そう。隣に住んどったらわかるやろ？　深影の家のこと」
　深影の家。
　私の家の隣に住む深影のおじいちゃんとおばあちゃんはいつもよくしてくれて、外で会った時には気兼ねなく話せる仲だ。
　でも、見かけるのはおじいちゃんとおばあちゃんだけ。
　お母さんやお父さんは見たことがない。
「あたしからは言えんけど、深影なら教えてくれるやろ」
「でも……嫌じゃないかな」
「それは大丈夫」

何の根拠があってそんなことが言えるんだろう。
 それに、今のままじゃそんな話到底できない。
 ズーンと重くなった心。
 私がどれだけ追いかけても、深影が逃げるんじゃどうしようもないよ。
 波の音と海風が私と風香の間をすり抜けていった時。
 ジャリ、と足音がした。
「あれ、幸久？」
 え……工藤くん？
 慌てて振り向くと、ムスッとした表情の工藤くんが立っていた。
「どしたん？」
 風香が首を傾げるのを無視して、工藤くんがつかんだのは私の手首。
「えっ！ 工藤くん？」
 突然なに!?
 引っ張られて立ち上がると、そのまま腕を引かれて歩き出す。
「幸久！ あんた何しとんの！」
「深影が呼んでる」
「は？ なんでなん？」
「風香は帰ってろ」
 訳がわからないって顔をする風香を置いて、工藤くんが走り出す。
 １分１秒が惜しいって感じで珍しく額に汗を浮かべる工

藤くんは、多分ここまでも走ってきたんだと思う。

手を引かれるままに走って、ようやく立ち止まったのは、ニシロ階段。
「上にいるから、行ってやって」
「でも……」

急に連れてこられても、何を話せばいいのかわからない。

深影はまだ怒ってるんでしょ？

心の準備もまだなのに……。
「怒ってないよ、深影は。だから大丈夫」

トン、と背中を押される。

大丈夫って風香も工藤くんも同じことを言ってる。

それならもう、行くしかないよね。

ここまで走ってきただけで苦しい息を、整える間もなく階段を駆け上がる。

もう毎日の日課になったせいで、キツさを感じなくなったはずの階段。

けど今は足が痛くて、呼吸がうまくできない。

登る間に何を言うか考えるつもりだったのに、そんな余裕はなくて。

ジットリとした汗が背中を伝う頃、ようやく頂上にたどりついた。
「っ……はあ……はあ……」

息が苦しい。

ガクン、と力が抜けて草原の上に座り込んだ。

深影の背中がすぐそこに見えているのに、息が整わない

んじゃ呼ぶこともできない。
　深影、気付いて。
　心の中で深影を呼ぶと、それが通じたかのように驚いた顔が振り返った。
　目の前が霞んでぼんやりとしか見えないけど。
「鏡華……？　なんで……」
　なんでって。こっちが聞きたいよ。
　深影が呼んだんじゃないの？
　パクパクと口を開くと、深影が自分のリュックの中からペットボトルを取り出した。
　半分減ったお茶のペットボトル。
　フタを開けて差し出そうとした深影の手が一瞬止まる。
「み……かげ？」
　だいぶ呼吸が落ち着いてきて、掠れた声で言う。
　迷うようにうつむいたあと、ズイとペットボトルを押し付けられた。
　なんだろう……深影、怒ってないのかな。
　でも何か様子が変だし。
　冷えたお茶で喉がうるおうと、ぼやけた視界もはっきりしてきた。
「ありがと、深影」
「……嫌がるかと思った」
「え…？　何が？」
「間接」
　小声でボソッと言われて、手に持ったままのペットボト

ルを見る。
　ああ、そんなことか。
　別に気にしないのに。
「風香とも前にしてたでしょ？　気にしないよ」
　もしかして、私が口付けた後のお茶を飲むのが嫌とか？
　どうしようか戸惑っていると、深影がうつむいていた顔を上げた。
　その顔には。
「な、なにそのアザ」
　頰の辺りに真ん中らへんから青く変色したアザ。
　学校にいた時はそんなのなかった。
　まさか、工藤くん？
「幸久に殴られた」
「なんでそんなこと……」
　大人しそうな工藤くんが深影を殴るなんて信じられない。よっぽどの理由がないとおかしいよ。
「鏡華がずっと落ち込んでること、風香から聞いたって、幸久に連れてこられた」
　なにそれ……私のせいで殴られたってこと？
　というか風香に落ち込んでたのバレてたんだ。
「……鏡華のことずっと避けてた」
　頰を痛そうにしながら、深影が話してくれる。
「あんなん突然したら嫌われても当たり前やって思ってさ」
「そんなことないよ！」
　確かにこわかったけど……。

でも、嫌いになったりするわけない。
　むしろ避けられててずっと悲しかったのに。
「幸久にも言われた。ちゃんと鏡華の話聞いてやれって」
「あのね……私」
「ストップ」
　話しちゃダメなの？
　言いたいことがありすぎて、自分の中でもまとまってないのに、言葉が喉まで出かかってる。
「先に謝らせて」
　スッと向けられた視線が交わる。
　痛々しい頬が目に入って、思わず顔を背けそうになったけど、ダメだ。
　向き合ってくれてるのに、私が避けたんじゃ意味がない。
「ごめん」
　なんだろう、この違和感。
　私は深影に謝られたかったわけじゃない。
　ただ、前みたいに話したくて。
　4人がバラバラなのが嫌だっただけ。
　ごめんって言われて、胸がツキンと細い針で刺されたように痛む。
「鏡華の声、ずっと聞きたかった」
　目を細めて微笑まれて、今度はまた違った音を立てる胸。
　……やっぱり、好きだなあ。
　私もずっと深影の声を聞きたかった。
　ずっと話したかった。

初めて会ったときみたいに、草原に寝転んで笑い合う。
　この１週間であったことをお互いに話しているうちに、風香と工藤くんが裏でいろいろと動いてくれていたことを知った。
　深影を遠回りして帰るように仕向けたり、風香は風香で私を早く帰るように急(せ)かしたり。
　帰り道に深影の背中を見ることが多かったのも、多分そのせいだ。
　話しかけようとしたら逃げられてたけどね。
「ね、深影って転校してきたの？」
「風香に聞いたん？」
「うん」
　今なら聞いても大丈夫な気がする。
　だんだんと赤く染まっていく空に、一番星が浮かぶ。
　深影といると時間が経つのが早い。
　やがてポツポツと教えてくれた、深影の過去。
「小４のとき、海で溺(おぼ)れたんだ。それで……両親が死んだ」
　助けに来た両親が溺死(できし)で亡くなったこと。
　おばあちゃんやおじいちゃんのいるこの町に海があることを知って、しばらくはおじいちゃんと一緒に前の町で暮らしていたこと。
「海がこわくて、じいちゃんとばあちゃんを引き離して前に住んでた所にしがみついてた。両親がおらん家は寂しかったけど、じいちゃんがいてくれたけん……それでよかった」

けどそれから4年後の夏。
　おばあちゃんが病気で倒れて、おじいちゃんに連れられてこの町に来たこと。
「じいちゃんが見たこともないくらい取り乱して、そのとき思ったんだ。俺のワガママで4年もじいちゃんとばあちゃんを引き離してたんやって」
　幸いおばあちゃんの病気は命にかかわるものではなくて、今は服薬のみで元気だってこと。
「ずっと学校には行ってなかったけん、この町で再スタートっていうか……風香と幸久と仲良くなってさ、それからはいつも3人やったんよ」
　今も昔も深影のそばには風香と工藤くんがいたこと。
「今も……海がこわい？」
　ふと、思った。
　風香と一緒にたまに行く海。
　どこまでも透き通っていて、いつか本で見た外国の海みたいに綺麗なのに、深影がいるのはいつもこの高台の草原。
「どうやろ。あんまり近付かんけど、ここから見る海は平気」
「そっか……」
　ここから下を見下ろすと、入り組んだ迷路みたいな路地と、建ち並ぶ民家、その先には延々と海が続く。まるで、ここからの距離がそのまま深影と海の距離みたい。
「幸久の秘密教えてやろうか？」
　話題を変えるように、深影がイタズラっぽい顔をした。
　工藤くんの秘密？

なんでそんなこと深影が……。
「あいつの話し方、俺らと違うやろ？」
「あ、言われてみればそうかも」
　ここにいる人達は話し方が独特というか、関西弁もどきみたいな感じ。
　口数が少ないからわかりにくいけど、確かに工藤くんは私と同じ話し方をするよね。
「幸久も小さい頃に親と引っ越してきたらしくて、話し方はそのままなんよ」
　俺はすぐにつられたけどなー、なんて笑う深影。
　海の話はあんまりしたくないのかな……。
「次は鏡華の話を聞かせて」
「私？」
　ここ最近の話はし尽くしたし……私自身の話ってこと？
　無理に話さなくていいって、ずっと言ってくれてたのに。
「嫌なら……」
「話す！」
　嫌じゃないよ。
　深影になら、嫌じゃない。
「私はね……」
　いたって普通の日々を送ってきて、変化があったのは本当にここ数ヶ月。
　変わってしまった原因は、ここに来るきっかけにもなったあのこと……。
　思い出しただけで震えてくる。

奥歯がガチガチと音を立てて、全身に鳥肌が立つ。
入院していた時の方がずっと冷静でいられた。
今でも鮮明に思い出す、痛みと喪失感。
「鏡華、鏡華」
「あ……」
　深影に肩を揺さぶられてハッとする。
　頰を伝う涙。
　左目だけから溢れ出す雫。
「っ……」
　深影の指先が右のまぶたに触れる。
　何かを確かめるように、グッと近付いた深影が私の目を見つめた。
　左目に映る深影の瞳。
　それでも……深影の瞳に映る私の右目は、真っ黒な世界のまま。
「わ、たしっ……」
　嗚咽に邪魔されながらも深影に全てを話した。
　階段から落ちて意識を失ったこと。
　手の施しようがなくて、眼球の摘出をしたこと。
　右目に埋められたそれが、義眼であること。
「う……ふっ……」
　片方から一向に流れ続ける涙はまるで、泣くことができなくなった右目の分まで溢れているようで。
　袖で目元を拭おうとした時、あたたかなぬくもりが背中を包んだ。

抱きしめられてると気付いても、突き放そうとは思えなかった。心地いいくらいのぬくもりに、すがるように額を押し付ける。
　深影の肩口がジワリと濡れていくのがわかったけど、離れたくなかった。
「もしかしてって、思ってたんよ」
「……ん」
　私ももしかしてって思ったよ。
　あの日、初めて深影の前で泣いた時に。
　風香にもまだバレてないのにな。
　佐山さんにも言っていないから、誰かに話すのはこれが初めて。
　見えないことにも慣れて、眼自体の違和感はほとんどなくなった。
　1日に1度、義眼を取り外した時の小さな空洞(くうどう)を見てあるべきものがないことを実感してる。
「怖かったな」
　ポンポンと背中を優しくさすられて、だんだんと落ち着いていく。
「鏡華」
　言葉は少ないけど、深影のぬくもりはとてもあたたかい。
　だんだんと抱きしめられていることを意識してしまって、胸が高鳴りだす。
　好きが溢れてしまいそうだった。

第 2 章

夕立ち前の恋心

　5月の終わり。
　久しぶりにバスに乗って、最寄りの駅に行く。
「戸塚さーん!!」
「佐山さん、高橋さん、久しぶり！」
　今日は佐山さんと高橋さんが遊びに来てくれた。
　ゴールデンウィークは高橋さんに予定が入っちゃって来られなかったんだよね。
　土日と月曜の開校記念日を利用して、私の家に2泊3日の予定だ。
　なんせここまで来るのに4時間。
　月曜日の朝に私と一緒に起きて帰るんだって。
　ちょうどお昼時なこともあって、駅の近くの喫茶店に入る。バスが来るまであと30分もあるしね。
「疲れたでしょ？」
「ううん、全然！　新幹線なんて久しぶりだから楽しかったよ」
　車で8時間だから新幹線ではどうなんだろうって思っていたけど、やっぱり時間はかかる。
　越してきたときは車だったから、すごく疲れた記憶がある。高速道路だったら、もっと早かったんだろうな。
　景色を楽しみたいっていうお母さんの意見で国道を通って来たから。

それにしても、新幹線っていうと相当お金もかかっただろうし、申し訳ない。
　そこで急遽、3日間私の家にお泊まりってことにしたんだけど。
「ここ、いい所だね。海が近いし」
　カラカラとグラスの氷を回しながら、高橋さんが窓の外を見る。
　ここからでも海は見えるけど、やっぱりあの町の海が一番。早く2人にも見せたい。
「ていうか、戸塚さん何か綺麗になった？　前から可愛かったけど、なんか雰囲気変わった？」
「あ、それ私も思った！」
「そうかな……」
　綺麗に……はなってないと思う。
　久しぶりだからそう見えてるだけじゃないかな。
　私から見ても2人は一気に女子高生っぽくなってる気がする。
　もともと明るい2人だけど、活力みたいなのが溢れてるっていうか。
　すごく元気そうに見える。
　メールで少し聞いたんだ。
　進級してから佐山さんと高橋さんは同じクラスで、梶原さんともう1人の子はクラスが離れたんだって。
　連絡も取り合っていないらしくて、2人でいる方が前よりずっと楽しいって言っていた。

私のことも忘れないで連絡してくれたり、こうして会いに来てくれるのがすごく嬉しい。
　友達なんていないって思ってたけど、離れてから築き出した２人との関係は友達のそれと似ているのかもしれない。親友に近いのは……やっぱり風香かな。
「あのね、戸塚さん」
　突然、改まって姿勢を正す佐山さんと高橋さん。
　な、なんだろう？
「戸塚さんはもういいよって言ってくれたけど、どうしても１度直接謝りたくて……あの日は本当にごめんなさい」
「あたしも……ごめんなさい、戸塚さん」
　そのことはもういいって言ったのに……。
　頭を下げる２人に笑顔を向ける。
「もうおしまい！　今は全部平気だから、そんなに気にしないで」
　だって、あのことがなかったら私は今の町にいなかった。
　そう思うだけで、もうあまり気にならなくなったっていうか……。
　私自身、今がものすごく楽しいもん。
　２人には眼のことを教えていないけど、それでもいいかなって。
　言ってしまったら、気にしないで、なんてすぐには無理だってわかってるから。
　もっと大人になって、そのときに話せたらって思ってる。
「あ、あのね、ずっと思ってたんだけど」

「なに?」
「戸塚さんのこと、名前で呼んでいい?」
　ソワソワしながら言う佐山さん。
　私が断れるわけがない。
　思えば、私達はずっと名字で呼び合っている。
　佐山さんと高橋さんの２人にはあだ名が定着してるけど、私は流れでそのままだった。
「いいよ。私はなんて呼べばいいかな」
　２人のフルネームは、佐山瞳と、高橋良美(よしみ)。
　確か、佐山さんがひとみんで、高橋さんがよっちん……だったっけ。
「あだ名でいいよ！　慣れてるし！」
「じゃあ……いや……や、やっぱり無理」
「ありゃ、無理かー。少しずつ慣れてくれればいいよ」
　２人で私のあだ名を考えているのを見て、頬が緩む。
　名前で呼ぶのってやっぱり苦手だ……。
　風香のことは風香だけど、他のクラスメイトのことは皆名字にさん付けしてるしね。
　うん、名前で呼ぶ練習もしてみよう。
　なんかとっさだと名字呼びに戻っちゃいそうだけど……意識して呼んでいたら慣れるかな。
　軽く食事を済ませてバスに乗り込む。
　向かう先はもちろん、今の私の町。
　車窓から見える大海原(おおうなばら)に興奮気味の２人だけど、本当にすごいのはもっと先だ。

驚くだろうな。

町についたら何をしようか。

まずは家に荷物を置きに行って、狭くて入り組んだ路地を迷路のようにさまよって海へ行こうか。潮の匂いをたどれば海に出るんだって、最近気付いたんだ。

波の音が近付いてくれば、誘われるように海に出る。

2人にも楽しんでもらえるかな。

山道の方に逸れる前のバス停で降りて、坂道を下る。

細い道だけど、まだまだ迷うほどじゃないんだよね。

「綺麗だねー」

民家の間から見える海をに目を輝かせているけど、まだまだなんだからね。

「きっとビックリするよ」

「えーそんなに？」

真っ白な砂浜に立つだけで走り出したくなるあの感じ。

家に荷物を置いて、2人がお母さんにあいさつし終えたあと、早速海に向かった。

通り慣れた路地を抜けて、途中の石垣に寝そべる白猫に声をかけて。

開けた視界の先は、いつも通り……いやいつも以上に澄み切った青い海。

「海だーっ!!」

そう言って砂浜を駆け出したのは佐山さん。

その後を追って走り出した高橋さんを見て、嬉しくなる。

自分が気にいっている場所で誰かが喜んでくれるのっ

て、すごく嬉しいことなんだって初めて気付いた。

ふと、防波堤の先に見覚えのある横顔を見つける。

工藤くん……？

風に踊って一段とダイナミックになった髪からして、多分工藤くん。

叫んで呼ぶわけにもいかないよね。

そう思いながらジッと視線を送っていると、それに気付いたのかたまたまなのか、工藤くんがこっちを見た。

佐山さんと高橋さんを見て首を傾げたあと、私に軽く手を振ってくれる。

珍しい。

てっきりスルーされるかと思ったのに。

そのまま家の方向に帰っていく背中を見送る。

あんな所で何してたんだろう。

工藤くんもそんなに海が好きなわけじゃなかった気がするんだけどな。

疑問に思いながらも、波打ち際で騒ぐ2人に呼ばれて、工藤くんのことを頭の中から振り払った。

帰宅後、夜ご飯を食べてお風呂で温まると、2人はすぐに眠ってしまった。時刻はまだ夜8時だけど、長旅だったし疲れたんだろうな。

夜になると冷え込むから、しっかりとブランケットをかけてあげてから部屋を出る。

お母さんはこっちに来てから手伝っているお店で宴会があるとかで、帰ってこられるかわからないって言ってた。

ガランとした居間にゴロリと寝転がる。
そういえば、今日は高台に行かなかった。
そんな時間なかったし、遊ぶのに夢中になって忘れてた。
もう日課になってたのにな……。
深影は行ってたのかな。
窓の外に隣の家の塀から漏れる光と、楽しげな深影のおじいちゃんとおばあちゃんの笑い声。
深影の声が聞きたい。
ジッと耳を澄ませてみるけれど、深影の笑い声どころか喋り声も聞こえなかった。
姿が見えないと声が聞きたくなって、声が聞こえないと、会いたくなる。
追いかけていると振り回されてばっかり。
それでも加速していくんだから、恋ってこわいね。
布団に移動するのも億劫になるほどの眠気に襲われて、そこら辺のタオルケットを引っ張りこんで眠りについた。

あっという間に3日目の朝。
けたたましい目覚ましの音で3人一斉に目覚めて、佐山さんと高橋さんは荷物をまとめ出す。
「なんか、早かったねー」
「楽しい時間はあっという間だもんね」
しみじみと頷く2人。
この町を満喫してくれたみたいでよかった。
昨日は朝からあいにくの雨で、見かねたお母さんが車で

少し離れた水族館に連れて行ってくれた。
　海の次は水族館と、水尽くしの２日間だったけど、楽しんでくれてたと思う。
「わっ、キョウの学校ってセーラーなの!?　可愛い！」
「え……そうかな」
　前の学校の制服も可愛いのに。なんだかんだ私も押入れの奥にきちんと仕舞ってるもん。
　あ、ちなみに私のあだ名はキョウで定着したみたい。
「やっぱりさあ、制服着ると一段と可愛い……」
　え、なんか佐山さんニヤニヤしてる？
「好きな人でもいるの？」
「へっ!?　いな……いないよ！」
　やばっ……噛んじゃった。
　だってそんなにわかるものなの？
　こんなに簡単に見破られるとは思わなかったんだもん、ビックリするよ。
「図星だ！　誰、誰？　かっこいい？」
「いないってば！」
「否定の仕方が更に怪しい……」
「……高橋さんまで……」
　深影のことは……知られて困るわけじゃないけどさ……２人は他校の人だし。
　でもこうも簡単に見破られると不安になる。
　深影にバレてたりしないよね？
　一向に引こうとしない２人に、正直に白状する。

「本当はいる……」
　うう……恥ずかしい。
　風香にもまだはっきりとは言ってないのに……。
「やっぱり！　どんな人？」
　どんな人っていわれても。
　前に銭湯で風香に言ったことが全てだよ。
　変わったことと言えば……。
「そばにいると安心できてたのが、最近は苦しいっていうか……それでもそばにいたいっていうか……」
　なに言ってるんだろう、私。
　こんなこと言われたって困るよね。
　どんな人って質問に対する答えでもない。
　チラッと2人を見ると、目を丸くしていた。
「うわあ……キョウ、その人のこと相当好きなんだね」
「恋してると可愛くなるって本当なんだねー」
　高橋さんにツンツンと頬をつつかれて、頬が熱くなる。
　真っ赤になった頬をからかわれて、遅刻しそうになった所で、お母さんが呼んでくれた。
　た、助かった……。
「じゃあまたね！　メールするし、夏も泊まりにくるから」
「3日間ありがとね！」
　お母さんが車で2人を駅まで連れて行く途中、私は学校の近くで降ろしてもらう。
　窓から手を振る2人に、私も思いっきり手を振り返した。
「こちらこそありがとう！　またね！」

車の後ろ姿が見えなくなるまで手を振って、敷地の中に入る。
　ちょっと早く来すぎちゃったかな？
　車から降りて学校まで少しは歩いたけど、それでもいつもの時間に起きちゃったから、だいぶ早めだ。
　人はまばらで、教室の中には誰もいない。
　けっこう皆、チャイムが鳴るギリギリに来るもんね。
　何となく窓辺に立って、朝の空気を吸い込んでいたとき、校庭に深影の姿が見えた。
「え………？」
　見間違えるはずのない深影の姿。
　それじゃあ、深影の隣にいる女の子は？
　親しげに笑いながら校庭の真ん中を歩く２人の姿に困惑してしまう。
　誰、その女の子。
　同じクラスの子じゃない。
　なら隣のクラスの子？
　ショートカットの髪と清楚（せいそ）なセーラー服の着こなし。
　隣のクラスとの唯一の接点である体育の時間に見たことがあるような気がする。
　でも、今まで深影と話しているところなんて見たこともなかった。
　なんで突然……？
　思わず窓から身を乗り出す。
　声は聞こえないけど、楽しそうな雰囲気に胸がギュッと

締め付けられた。
　その瞬間、不意に女の子が自分の腕を深影の腕に通した。
「っ……なんで？」
　ビックリして、悲しいのか苦しいのかよくわからない感情に襲われる。見ていられなくなって、その場にズルズルとへたりこんだ。
　深影とそんな関係なの？
　深影はいつも工藤くんと一緒に始業のギリギリに登校してくるのに。
　金曜日まではそうだった。
　じゃあ、土日の間に何かあったの？
　グルグルと回る嫌な考えをどうすることもできないでいると、ガラッとドアが開いて誰かが入って来た。
　誰か、じゃない。
　わかってるよ。
「あれ……鏡華？　早いな、おはよう。そんなとこで何しとるん？」
　深影が何事もなかったように言うけど、見ちゃったんだもん。
　普通になんてできない。
　返事が返ってこないのを不思議に思ったのか、それとも座り込んだままの私を心配したのか。
　深影がそばに歩いてくるのがわかって、とっさに立ち上がると私は一目散に逃げ出した。
「あっ！　鏡華！」

叫ぶ深影の声が聞こえたけど、止まることなんて出来なくて。
上履きのまま校舎裏に逃げ込む。
追ってくる様子がないのを確認して、安心したと同時に悲しくなった。
逃げたくせに、追いかけてきてくれないことが悲しいなんて馬鹿みたい。
「馬鹿だよ……私……」
何かありました、って言ってるようなもんじゃんか。
この間深影と話をして、これからってときに、今度は私が深影を避けた。
最低だ。
なんで逃げちゃったんだろう。
だってあんな所を見ちゃった後で深影の顔を真っ直ぐに見られる自信なんてなかった。
膝を抱えて座り込むと、ジメッとした空気に全身を包まれる。
チャイムが鳴ったのも気にせずに、その場に座り続けた。
それからどれくらい経ったかな。
だいぶ長く時間を置いてまたチャイムが鳴ったから、多分1時間目が終わったんだと思う。
サボったの初めてだよ。
荷物は置いてあるのに、朝礼にも顔を出さなかったなんて、先生に何を言われるか……。
でももういいや。

いっそどこかに行ってしまいたいくらいだけど、下手に動けない。

ここにいるしかないか。しびれた足を伸ばしたとき、ガサガサと草を踏む音がした。

「鏡華ー?」

……風香の声?

なんで風香がここに……。

「あ! 見つけた! もー……こんなとこにおったん」

角を曲がった風香が目ざとく私を見つけて駆け寄る。

風香、汗いっぱいかいてる。

探し回ってくれたのかな。

「どしたん? ……って! 鏡華めっちゃ顔色悪いやん! 体調悪いん? どっか痛い?」

ううん……違うよ。

顔色悪いって……風香が言うくらいなんだから、ひどいのかな。

「なんがあったん?」

「風香は教室に戻りなよ。授業始まるよ?」

風香の心配そうな顔を見るのは嫌だ。

なにがあったのかなんて言えない。

「馬鹿! 授業なんかどうでもいいやろ! サボるくらいどうってことないわ」

「ちょ……風香……」

言い切った風香が私が座る階段に腰を下ろす。

——キーンコーンカーンコーン。

ああもう、始業のチャイム鳴っちゃったじゃん。
「これで1時間は自由やんな」
「なに言ってんの」
　馬鹿だよ、風香は。
　私のことなんか放っとけばいいのに。
　けど、そんな風香の優しさに涙が出そうになる私の方がもっと馬鹿だ。

「はあ？　深影に彼女？」
　朝の一連の出来事を話すと、風香は大げさなくらいに顔を歪めた。
「そんなんおるわけないやん」
「なんで言いきれるの？」
　彼女……かどうかはわからないけれど、仲よさげに見えた。だからはっきり断言できるわけじゃないと思う。
「なんでって……それはあたしからは言えんけどさ」
　ええ……なにそれ。
　風香は知ってるのに私がわからないってどういうことだろう。
「まあ、その子には何となく心当たりあるよ」
「えっ、嘘！　誰？」
　ショートカットくらいしか特徴を言ってないのになんでわかるの？
「畑中美里やろな」
　畑中……美里……。

「って誰？」
　いや誰っていうか、姿はわかっているんだけど。
　名前を教えられてもどんな人なのかがわからない。
「美里は小中学校でちょいちょい一緒のクラスやったんよ。人数少ないけん、ほとんど２クラスやったしな」
　あ、じゃあ風香はその美里さんって人のこと、結構知ってるんだ。
「高校はクラス替えないし、別に仲いいわけやないけど」
「へえ……」
　２分の１なら同じクラスになる確率は高いよね。
　聞くと、風香と工藤くんは小学校からずっと同じクラスらしい。
「そんで、去年……１年の時に美里が深影に告白したわけ」
「へえ……って、え!?」
　告白!?
　あまりにさらっと言うから、聞き流すところだった。
　ていうか、なんで風香が知ってるの？
　疑問がそのまま顔に出ていたのか、風香が答えてくれる。
「３人で帰りよったら突然飛び出してきて深影に手紙渡してな、美里はそのまま走ってったんやけど、その場で手紙開けた深影が顔真っ赤にしとったから、あれは絶対ラブレターいうやつやな」
「そっ……か……」
　風香が言うんだから、見たままのことなんだよね。
　その反応って、まさか……。

「でもそれっきりよ？　深影には普段幸久がべったりやけん、気になるなら幸久にも聞こうか？」
「ううん、いい……」
　気をつかってくれてるのはわかる。
　けど……今は聞きたくない。
　はあ、とため息をついて、抱えた膝の間に顔を埋める。
「鏡華は深影のことが好きなんやな」
「……うん」
　好き。
　風香はやっぱり気付いてたんだ。
　でもね、私も知ってるよ。
「風香は工藤くんが好きだもんね」
「へっ!?　な、なんで知っとる……じゃなくて！　違うわ！」
　すごい慌て様。
　チラッと横を見ると、風香は顔を真っ赤にしている。
　耐えきれなくなって吹き出すと、肩をバシッと叩かれた。
　こういう所が可愛いんだよね風香は。
「……いつから気付いとったん」
「んー……ちょっと前かな」
　別になにかきっかけがあったわけじゃなくて。
　一緒にいるうちに自然と気付いたって感じ。
　好きなんだろうなって気付いてから風香を見ていると、それは確信になった。
「えぇ……鏡華が気付いとるってことは幸久にもバレとる

んやないん……どうしよ」
　それってどういう意味なの。
　私が相当鈍(にぶ)いみたいじゃんね。
「あたし幸久にウザがられとるやろ？」
「え……？」
「深影は明るいけどそんなに騒ぐタイプやないし、鏡華も静かな方やん。あたしだけただのうるさい子やもん」
　シュン、って効果音が聞こえてきそうなくらいに悲しげな顔をする風香。
　そんなことないよ。
　風香の明るさがないと、私達３人じゃ変な雰囲気になる。
　前に風香が１度休んだ時なんかはひどかったもん。
　それは私が未だにちょっと工藤くんに苦手意識を持ってるせいでもあるんだけど。
　とにかく。
「私は風香のそういうとこ好きだけどなあ」
「うるさいとこ？」
「違くて。明るいところが」
　うるさいところもあるのはあるけど、気が散るとかイライラするとかそういうのじゃないし。
　深影とは違った安心感のある明るさが私は好きだな。
「あんま嬉しいこと言わんでよ」
　あっ、風香照れた？
　風香は感情がそのまま表情に出てくる子だから、嘘がないんだってすぐにわかる。

逆に工藤くんはポーカーフェイスだからわかりにくいんだよ。
「あーあ！　幸久もそう思ってくれてたらいいんやけど」
「告白しないの？」
「そんなん無理！　鏡華こそ深影に告白したらどうなん」
「いや……それはちょっと……」
　考えたくないけれど、もし、もしも。
　美里さんと深影がそういう関係……もしくはもう少しってところなのだとしたら。
　とてもじゃないけど今の状況で告白なんてできない。
「なんなん、あたしら無理しか言ってないやんな」
「そうだね」
　無理なものは無理なんだもん。
　恋のことになると行動力が格段に落ちる。
「じゃあこうしようか」
　ポン、と手を叩く風香に嫌な予感しかしない。
　というか、じゃあって言ってる時点で怪しい。
「あたし1ヶ月以内に幸久に告白するわ」
「えっ!?」
　な、なんでそんな思い切ったこと言えるの？
「東高って夏休み始まるのが早いんよ。その分終わるのも早いんやけどな。7月の頭にはすぐ夏休みになるけん、ちょうどいいやろ」
「えっと……なにが？」
「もしダメやったとしても、夏休みの間顔合わさんかった

から2学期には普通に接せる気がする」
　やっぱりそういうことか。
　ちょうどいいっていうと、そういうことだとは思った。
　逆に告白が成功したら、夏休みは最高ってことか。
　って……。
「それって私も……とか言わないよね」
「なに言っとんの？　2人で、やろ？」
　当たり前やん、みたいな顔でキョトンとされても困るよ。
　だってさ、風香と工藤くんならいいかもしれないけど、私と深影の家って隣なんだよ？
　家に引きこもってでもいない限り、顔を合わせないなんて無理。
「冗談よ」
　へ……冗談？
「さすがに無理にとは言わんよ。けど……」
　けど、なに？
　ジッと風香の言葉を待ちながら、妙に高ぶった心臓を落ち着かせる。
　やっと普段通りの心拍に戻ったと思った矢先。
「もういっそ玉砕するなら、2人でがいいな」
　風香がそんなことを言うから、また一層ドクンと鼓動が跳ねた。
　追い討ちをかけるように上目遣いで見上げられる。
「なあ、一緒に1ヶ月告白作戦を決行せん？」
　いつの間にか作戦に格上げされてるし。

あざとい、風香あざといよ。
　そもそも、風香が告白するって言ってるのが本気なんだってわかった時点で、私だけ何も行動しないなんて選択肢は薄れてた。
　これはきっかけだ。
　チャンスだよね。
「わ……わかった。やる！」
「やった！　鏡華ありがとう！」
　ギューッと抱き締められて、風香がニッコリと笑う。
　動き出さないと何も始まらないんだって私も風香もわかってるから、きっかけが欲しかった。
　お互いに一歩踏み出すって決めた。
　夏休みがどんなものになるかは、私達次第だ。
「頑張ろうな」
　大事な親友と手を握り合う。
「……うん」
　まずは深影の所に行こう。
　さっきはごめんねって言えるかな。
　言えるかな、じゃないや、言わなきゃ。
　……深影に会いたいな。

6月の雨は冷たいだけで

「え……帰った？」
　裏庭から戻る途中に担任の先生に見つかって1時間みっちり説教をされた後、教室に戻った。
　けど、どういうわけか深影の姿が見当たらない。
　自分の席で顔を強ばらせる工藤くんに聞いたところ、早退したらしい。
「なんでなん？　深影体調悪いん？」
　風香もわけがわからないという感じで首を傾げる。
　朝はそんな風に見えなかったのに。
　体調悪かったの……？
「違う、深影じゃなくて」
「深影じゃない？」
　どういうことだろう。
　体調が悪いわけじゃないならなんで……。
「おばあさんが病院に運ばれたって連絡があって、血相変えて出て行った」
　ほら、と工藤くんが指さしたのは深影の机。
　そのわきには黒のリュックが掛かったままだった。
「おばあちゃんがって……！　大丈夫なん？」
「わからない。深影から連絡ないし。もう1時間経ってるから病院には着いてると思う」
　表情を固くしたまま、工藤くんが携帯を握り締める。

周りの皆はお弁当を食べ始める中、私達の間には沈黙と緊張が走る。
　倒れたってもしかして病気のこと？
　今は薬を飲んでるから元気だって言っていたし、ついこの前おばあちゃんと軒先(のきさき)で話をしたばかりなのに。
　悪くなる様子なんて微塵(みじん)もなかった。
「こっちから連絡したん？」
「いや、深影は荷物と一緒に携帯も置いていってる」
　なら、病院の公衆電話かなにかから連絡があるまで待つしかないってことか。
　こっちからの連絡手段がないんじゃ不安になる一方だ。
　ふと、時計を見た風香がグッと顔を寄せてくる。工藤くんにも耳を寄せてもらって、風香がコソっと言った。
「あたしらも行かん？　東病院やろ？」
　それって……今から抜け出してってこと？
「いいな、それ」
　って！　工藤くんも乗っちゃうの!?
「鏡華はどうするの」
　ジッと工藤くんに顔を覗きこまれる。
　その瞳には普段見たことのない焦りが滲(にじ)んでいた。
「……行く」
　深影のこともだけど、おばあちゃんが心配だ。
　実の孫である深影と同じように、私にも接してくれるおばあちゃん。
　私はおじいちゃんは知っているけど、おばあちゃんは早

くに他界してしまって、顔も知らない。
　だから深影のおばあちゃんは本当のおばあちゃんみたいで、大切な人なのだ。
　そうと決まれば、と急いで教室を抜け出して廊下を走る。
　先生達もお昼ご飯を食べている時間だからか、誰にもバレずに玄関について靴を履き替えようとしたけど。
「待って。正面から行くと職員室から見える」
　すでに靴を履いていた風香の肩をつかんで、工藤くんが止めた。
　確かに、いくら昼休みとはいえ校門から出て行こうとしたら見つかってしまう。
　だとしたら、裏口からかな。
　靴を持って再び廊下を走る。
　渡り廊下から外に出て、裏口を抜けようとした時。
「お前ら！　何してんだ!!」
「えっ、ちょっと、なんなん！」
　運悪くタバコを吸いに出てきた男の先生に見つかってしまった。
　あれって……生徒指導の先生で相当厳しい人だ。
　何度もあの先生に怒られる生徒を見たことがある。
「どこに行くんだ!!」
　つけたばかりのタバコの火をスリッパで揉み消して、怒りを滲ませた怒声と共に追いかけてくる。
「行くぞ！　早く！」
「えっ、わっ！」

工藤くんが両手に私と風香を引っ張って走り出す。
「コラ‼　待て！」
　門を出てからも追いかけてくる先生は相当怖い。
　私1人だったら絶対に立ち止まってしまっていたけど、追ってくる先生なんてお構いなしにグングンと先に進む工藤くん。
　足の遅い私は何度も転びそうになりながらも、力強い手に引かれて学校から離れた所まで走った。
「っ……はあ、はあ」
　先生の姿が見えなくなったことを確認して立ち止まる。
　若干額に汗を滲ませながらも息ひとつ乱さない工藤くんとは違って、私と風香はへたり込む寸前。
　き、きっつい……。
　心臓がこれでもかってくらいバクバクいってる。
　男の子って体力あるんだなぁ……と、素直に感心してしまった。
「はあ、疲れた……山本(やまもと)先生から逃げたのなんか初めてやわ……」
「ああ、僕も」
「後が怖いわ……3人で怒られるんならまだマシやけどな」
　うん……あれだけ叫ばれてたのに逃げ切っちゃったんだもんね。
　本当に後が怖いよ。
　それでも2人がいてくれて本当によかった。
　後悔はないよ。

どれだけ怒られたっていいや。
それより今は。
「ゆっくりでいいから、行こう。もうすぐそこだ」
　早く、深影とおばあちゃんの所に行かないと。

　平日の昼間にしても人の少ないロビーを見渡す。
「おらんね……」
　同じようにグルリと辺りを見回す風香の目にも見当たらないようだ。
　救急外来の方を見に行っていた工藤くんも、戻ってくるなり首を横に振る。
　受付の人にも聞いてはみたけど、訝しげな顔をされただけで教えてはもらえなかった。
　診察室の方にもいないし……。
　病室……なのかな。
「とりあえず1階を手分けして捜して、いなかったらここに戻ってきて」
「あ、うん！」
　外に出ていった工藤くん。
　風香は賑やかな声のするロビーの奥のフリースペースへ向かった。
　さすがにそっちにはいないと思うけど……いや、一応捜さないとね。
　私はどうしよう。
　この病院は来たことがないから、どこに何があるのかわ

からない。風香と工藤くんにとってはよく知った病院らしいのだけど。
　ふと中庭へと続く廊下を見つけて、さまよう足を止める。
　直感で思った。
　深影がいるって。
　シン、と静まり返った廊下の先のドアを押し開いて外に出る。
　花壇にはひまわりが伸びて、ある一室の外には緑のカーテンができあがっていた。
　ほとんど人の手が加わっていないようにも見えるし、手入れが行き届いているようにも見える。
　病院ってあまり縁がなかったけど、こんなものなのかな。
「あ……」
　いた、深影。
　日陰のベンチにうなだれる深影を見つける。
　膝の上で握り締められた手がかすかに震えているように見えて、いてもたってもいられずに駆け寄った。
「深影！」
「……鏡華？」
　私の声に顔を上げた深影は、なんで？　って顔をしていて、目元が少し赤くなってる。
「なんなん……今昼休みやろ？　なんで来たん」
「昼休みだからだよ」
　声にも覇気がなくて、語尾はほとんど掠れてる。脱力しているようでも、よく見ると全身を強ばらせていた。

「風香と工藤くんも来てるの。呼んでくるね」
　まだ外を捜し回ってるはずだもん。
　知らせてこないと。
「待って」
　えっ……。
「深影……？」
　パシッと手首を取られて、その場に立ち尽くす。
　直に深影の震えが伝わって、なぜか泣きそうになった。
「行くな」
　突然のことに反応もできないまま、腕を引かれて深影に覆い被さる。
　な、なに……？
　片手をベンチの背に置いて自分の全体重を支える。
　トン、と胸元に深影の頭が埋まった。
「深影……どうしたの」
「じいちゃん、泣いてた」
「え？」
　深影のおじいちゃんが……泣いてた？
「ばあちゃん……が……」
「うん」
　なに？　まさか……。
「目覚ますかわからんって」
　体中の血液が凍りついたみたいだった。
　血が巡った場所から感覚がなくなっていく。
「深影……嘘だよね？」

そんなわけない。
　おばあちゃんは元気だよ、大丈夫。
　そう信じたいのに。
「前から調子悪かったって……来週詳しい検査する予定やったんやって、言ってた」
　深影は嘘だって言ってくれなかった。
　ジワ、と生地の薄い部分から何かが染みてくる。
　深影の、涙だ。
「ばあちゃんなら２階におるけん、行ってやって」
　ゆっくりと腕を握る手を離される。
　行けっていうみたいに。
　でも……。
「嫌だ」
　今の深影を置いてはいけない。
　頭を抱え込むようにして、今度は自分から深影を抱き締めた。
「俺が奪ったんだ……ばあちゃんとじいちゃんの４年間。そのせいだ」
　なんで？
　なんでそうなるの？
　奪ったんじゃないでしょ。
　深影のせいじゃないじゃん。
「４年って長いんだよ。ばあちゃんだって寂しかったはずや。怖かったやろうに」
「ちょ、待って深影」

落ち着いてって言う前に、深影が続けた一言。
「全部俺のせいや。母さんと父さんが死ぬんやなくて俺がおらんければ……」
「っ……深影！」
　——バシッ。
　手のひらが熱い。
　冷えきったはずの血液が一気に熱くなって、手のひらに集中したみたい。
　呆然と私を見上げる深影の頬が真っ赤になってるとか、そんなのどうだっていい。
　人を叩いたのなんて初めてだし、下手に打ったせいで私の手も相当痛い。
　それでも、聞いていられなかった。
「おばあちゃんはそんなこと思ってないよ」
　卑怯だよ、深影は。
　だってそんなのただの言い訳じゃない。
　今目の前におばあちゃんとおじいちゃんがいても同じことを言えるの？
　こんな状況だからって自分のことを責めるのは違う。
「深影が言ってるのはただの自己満足だよ」
　わかるの、私もそうだった。
　自分のせいでっていうのは後付けでしかない。
　何かがあってからその言葉を口にするのは、ズルイことなんだよ。
「空いた4年間と、深影がおばあちゃんと過ごした時間、

深影とおばあちゃんにとって大切なのはどっち？」
「それは……」
　ギリッと深影が唇を噛んだ。
　空いた４年間はおばあちゃんとおじいちゃんのものであって、深影のものじゃない。
　もしも深影がおばあちゃんと過ごした時間よりも、その４年間が大切だっていうのなら、それは違うよ。
　だってそんなの、自分だけのものさしで比べられることじゃない。
「おじいちゃんはどこにいるの？」
「……ばあちゃんの……そばにいると思う」
「なら私は深影のそばにいる」
　ツーッと涙が一筋、深影の頬を伝う。
　それは深影の涙じゃなくて、私の目から流れて、深影の頬に落ちたもの。
　その後、深影が言葉を発することはなかった。
　ただ、繋いだ手だけは離さないでずっと握っていた。
　時々なにかを堪えるように、深く息を吸う音が聞こえた。
　私は我慢(がまん)できなくて、左目から涙を流し続けたけど、そのたびに繋がった手に力が込められる。
　私が深影のそばにいるんじゃなくて、まるで深影が私のそばにいてくれているような感覚。
　今の一瞬だけでいい。
　深影のそばにいたい。
　私の支えなんてなくても深影は自分で立っていられるん

だって思っていたけど、違うよね。
　支えるつもりで、いつも支えられていた。
　それじゃ、嫌だ。
　支えあえる関係がいい。
　その関係に名前なんていらないから、今だけでいいから。
　深影のそばにいたかった。

　それから２週間後。
「深影」
　雨上がりで滑りやすいニシロ階段を登って高台に行くと、濡れた芝生の上に横になる深影がいた。
「風邪引くよ」
　黙ったまま、腕を顔の上で組む深影。
　スカートが濡れるのも気にせずに、私もその隣に腰をおろした。
　今日はおばあちゃんの葬儀だった。
　あの後、意識が回復することはなかったのだ。
　私の知っている面々や、何度か見かけたことのある人達が参列した葬儀が終わった後、深影の姿がないことに気付いた。
　工藤くんが教えてくれた通り、やっぱりここにいた。
　ここ数日間、まともに深影と会話をしていない。
「ねえ、深影」
　こんな話、今することじゃないのかもしれないけど。
「前に、鏡華って名前が万華鏡の中に入ってるって言って

くれたでしょ？」
　初めて深影の前で泣いたあの日。
　会って間もないのに突然泣かれて、困ったのは深影の方だっただろうな。
「私ね、自分の名前嫌いなの」
　好きだったんだよ。
　でも、あの日からずっと嫌悪しかなくて。
　呼ばれるたびに、泣きそうになったこともあった。
「万華鏡って綺麗でしょ？　世界が回るの。私のおじいちゃんは昔、万華鏡を作る職人さんだったんだって」
　小さな作業場で万華鏡を作っていたって言ってた。
　工場が潰(つぶ)れてからは万華鏡に触れてもいなかったらしいけど。
「おじいちゃんは万華鏡が好きで、私が女の子だってわかった日からずっと鏡華って名前をつけたかったって」
　何度も呼んでくれた、私の名前。
　鏡華、鏡華、って。
「一度ね、おじいちゃんに聞いたの。私の名前ってどんな意味なの？　って」
　そしたらおじいちゃんは押入れの一番奥からひとつの万華鏡を取り出して、私にくれた。
　おじいちゃんが最後に作った万華鏡。
　三角形の鏡でできた、覗き穴から見た全てがパターンになるタイプの万華鏡。
「そしたら教えてくれた。鏡華が回す世界を見てみたいん

だって」
　その時は意味がわからなかった。
　私の作る万華鏡の世界を見たいのかな？　って思っていたけど、違う。
　おじいちゃんはただ、私の成長を見ていたかっただけ。
『鏡華が回せば、世界はいつも綺麗だ』
　おじいちゃんの口癖。そう言って頭を撫でてくれるおじいちゃんが大好きだった。
　でも……。
「私が5歳の時にね、その万華鏡を壊しちゃった」
　4歳の誕生日を少しすぎてもらったものだったから、1年も経っていなかったのに。
　本当に、何かの拍子に。
　地面に叩きつけるように落ちた万華鏡は割れて、中のビーズや細片が散らばった。
　幼かったけど、ちゃんとわかってた。
　大変なことをしてしまったって。
　急いでおじいちゃんに謝りに行こうとした時。
　家の電話が鳴り響いた。
　交通事故。
　即死(そくし)だったらしい。
　居眠り運転の車が、青信号を横断中のおじいちゃんに突っ込んで、そのまま。
　まだ5歳だった私には"死"の意味なんてわからなくて。
　ただおじいちゃんにしがみついて、ごめんなさいを繰り

返した。
　頭を撫でてくれる手はもう動かないし、鏡華って呼んでもらえることもなくなった。
　それから数年して、おじいちゃんが死んだんだってことをようやく理解して。
　あの日、万華鏡を壊したことを思い出した。
　いくらなんでもタイミングが悪すぎる。
　私のせいだって思った。
　そんなことない、ってお母さんには何度も言われたけど。
　それでも忘れられなかった。
　床に広がった、万華鏡の中に閉じ込められていた世界を。
　最低だ、私は。
　……それを綺麗だと思ってしまったのだから。
　筒の中だけのものだった世界が広がって、これが私の見たかった世界だって……そう思った。
「おじいちゃんが死んだのは私のせいだって、ずっと思ってたけど」
　今だって気にせずにはいられないけど。
「おじいちゃんが大好きだった、万華鏡のせいにはしたくなかったの」
　壊したのは私のせい、でも壊れたのは万華鏡のせい。
　それって、作ってくれたおじいちゃんのせいって言ってるようなものなんじゃないかな……だから自分のせいだと思うのはやめたんだ。
　この前、病院で深影の話を聞いて思った。

ああ、同じなんだなって。だから、ただ自分を責めることだけはしてほしくなかった。
「やから鏡華は鏡華って名前が嫌いなん？」
　ずいぶんと長い沈黙を挟んで、深影がポツリと言った。
　相変わらず顔は見えないけど、やっと話してくれた。
「嫌い……だった」
　嫌いだったよ、ずっと。
　苦手でもあったし、嫌いでもあった。
　けど、今は。
「深影も風香も工藤くんも呼んでくれるから」
　佐山さんと高橋さんも……かな。
　戸塚さんって呼ばれるよりもずっといい。
「今は好き」
　万華鏡も、自分の名前も。
「そっか」
　グッと勢いをつけて起き上がった深影が、腫れぼったい目で私を見つめる。
　やっぱり、どうしても。
　深影を見ると跳ねる鼓動。
　思わず言ってしまいそうになった。
　"好き"って。
　でもそれより先に深影の手が私の後頭部に回る。
「み……かげ……」
　なに……？
　前にキスをされそうになった時のことを思い出して、

ギュッと目を閉じる。
　——コツッ。
　軽い音を立てて触れ合ったのは、おでこだった。
「俺も好きだよ、鏡華の名前」
　初めて聞いた、深影からの"好き"って響き。
　でもそれに続いた言葉が舞い上がりそうになる私の心を落ち着かせる。
　私の……名前？
「俺、万華鏡って中見たことねぇけど、鏡華みたいに綺麗なんやろな」
「っ……うん、綺麗だよ……万華鏡」
　震える声を誤魔化そうとすると声が高くなる。
　力の入らない手で深影の肩を押した。
　不思議そうな顔をしながらも、深影が赤く腫れた目を細めて笑う。
「ありがとう、鏡華」
　戸惑っても、背中を変な汗が伝っても。
　その一言で色んな感情が深影への想いに変わっていく。
　魔法みたいだ。
　万華鏡みたいだ。
　深影が回すから、私の世界は変わる。
　気まぐれに色を変えて形を変える。
「あの……深影」
「ん？」
　ゴクッと生唾を飲み込んで、口を開く。

「美里さん……って……どんな人？」
　いつ聞くべきか、とか。
　もう美里さんとか他の人なんて関係なく自分の想いを伝えるべきか、とか。
　そんなものすっ飛ばして、今聞きたいこと。
「美里……？　なんで？」
　なんで知ってるんだって顔をされる。
　そりゃそうだよね。
　深影から美里さんの話を聞いたわけじゃない。
　あれは偶然、本当にたまたまだけれど盗み見したようなものだ。
　急に美里さんの名前を出されて驚かないわけがない。
「もしかして、この前逃げたのって……」
　ビクッと肩が跳ねる。
　こんなの肯定したようなものじゃん。
「ごめん……見るつもりじゃなくて」
　むしろ見たくなかったよ、あんな所。
　腕を組んだ２人の姿が脳裏に浮かぶ。
　どうしよう。
　やっぱり聞かなきゃよかった。
　後悔しても遅くて、視線をだんだんとうつむけていく。
　気を抜けば泣いてしまいそうで、唇を噛み締めた。
「美里は俺が転校してきた時に同じクラスになって、去年初めて分かれたんよ」
「うん……」

私が聞きたいことじゃない。
　でも、違うことも聞きたくない。
「それで……何度か告白されたんやけど」
「っ……うん」
　何度かってなに？
　一度じゃなかったの？
「てか、この前の朝も久しぶりに呼び出されて、言われた」
　とうとう返事もできなくなって、目に溜まった涙を腕で拭う。その様子に気付いているはずなのに、深影は何も言わない。
「でも断ったよ」
「う、嘘……だ」
「いや、本当だって」
「だって腕組んでた！」
　ああもう、こんなこと言いたいんじゃないのに。
　信じられないんだもん。
　２人で笑い合ってるところ見ちゃったし、断った後であんな雰囲気になる？
　オーケーした後の雰囲気じゃないの、あれ。
　恋愛事なんてロクに知りもしないくせに何わかった風に言っちゃってるんだろう。
「は……？　そんなとこまで見たん」
　呆れてる？　怒ってる？
　でも私だって見たくて見たんじゃないよ。
　校庭の真ん中に人がいたら、たとえ深影じゃなかったと

しても気付いてた。
　たまたまいたのが深影だっただけ。
「その続きは？」
「え……？」
「腕組んだ続き見たん？」
　そんなの、見ていられなくなったに決まってるじゃん。
　なに、キスでもしたの？
　自分で勝手に想像しながら、嫌な気持ちになる。
「見てないよ」
「やっぱり、鏡華ってバカやんな」
　なっ！　バカって！
　大げさにため息をつくフリをして、深影がパチン、と音を立てて私の頬を包んだ。
「は、離してっ！」
　こんなことされたくない。
　嫌でも高鳴る鼓動が自分のものじゃないみたいになる。
「聞けって」
　振り払おうとする私の頬をしっかりと固定して、正面から向き合わされる。
　目を逸らせなくて、こんな時だけ片目でよかったって思った。
　だって両目に深影を映していたら、きっと心臓が壊れちゃってた。
「美里にはちゃんと断った。そもそも前からずっと無理って言ってたし」

「なんで？」
「それは……その…」
　その、なに？
　言いづらそうに黒目だけを泳がせるから気になって仕方ない。
「とにかく……腕組まれたのは一瞬だけで、すぐ離した」
　今話逸らしたよね。
　なんで？って聞いたのに。
「深影と美里さん楽しそうだった」
「だからそれは！　フッたせいで変な雰囲気になるのが嫌やったから、普通でいようっていうやつ！」
「でも……」
　私さっきから"でも"とか"だって"ばかり。
　今度こそ怒るかな深影……嫌だな。
「……鏡華の鈍感」
「へ…？」
　なにが？
　もしかしてその深影の、フッたせいで変な感じになるのが嫌っていう意見がわからないから鈍感ってこと？
　そんなの人それぞれだよ。
「ねえ、なにが？」
「うるさい」
「深影？　……いった！　痛い痛い！」
　突然頭を握り拳でグリグリされて、鈍い痛みが走り抜ける。そんなことしなくてもいいじゃんか！

「美里ともう1回話してくる。で、それが終わったら鏡華にも言いたいこと山ほどあるから」

え……美里さんと話ってなに………？

もう終わったんじゃないの？

それに、私に言いたいことがあるなら今言えばいいのに。

「鏡華は大人しく待ってろ。もう大丈夫だから」

ポンと頭を撫でられる。

おじいちゃんの手と似てるんだよね、深影の手って。

おじいちゃんの方が骨張ってたけど、私は深影の手も好きだな。

落ち着く。

深影の言う"大丈夫"がおばあちゃんのことなのか美里さんのことなのかはわからない。

でもなぜか、根拠も何もないけど、深影が大丈夫って言うのなら大丈夫な気がする。

次の日の朝。

朝のうちに少し雨が降ったのか、地面が濃く濡れていた。

梅雨とはいえ、雨ばっかり降ると気が滅入るというか、疲れやすいというか。

6月はあんまり好きじゃない。

「鏡華、おはよう」

「あ、おはよう深影」

ニシロ階段で待っててって言われて、約束の時間の20分も前からここで待ってた。

石段に座れたらよかったんだけど、スカートが汚れたらいけないからずっと立っていたせいで足は疲れたし、重い鞄のせいで腕もキツい。
　隣の家なんだからそんなに早く出る必要はなかったんだけれどね。
　普段は私は風香と待ち合わせをしているし、深影と工藤くんは毎日偶然会うんだって言ってた。
　だから……深影と学校に行くのは実はこれが初めて。
「行こうか」
　先に歩いて行く深影の背中を追う。
　何となく、照れくさいような変な感情が邪魔をして隣に並ぶことができない。
　お互いに黙り込んで、会話のひとつもない朝。
　深影、歩調も歩幅も合わせてくれてる。
　そんな、些細なようで私にとっては嬉しいことを自然としてくれる。
「深影」
「ん？」
「なんでもない」
「何だそれ」
　ん？　って言いながら首を傾げるところも、わずかに肩を上げて笑うところも。
　好きっていうか……愛おしくなってくる。
　20分弱の学校への時間がいつもよりも短く感じる。
　こんなことなら遠回りをすればよかったな、なんて、学

校が目前になった今になって思った。
「み……」
　深影。
　そう、前を行く背中に声をかけようとした時だ。
　ドンッと校門の脇から飛び出して来た誰かが深影に抱き着いた。
「っ……うわっ！　は……美里……？」
　え……美里さん？
　なんで……？
　正面から深影に抱き着いた美里さんの姿は、私からは見えない。
　でも、次の瞬間に聞こえてきたリップ音に頭の中が真っ白になった。
「美里!!」
　焦ったような、怒りを混ぜたような深影の声。
　ゆっくりと体を離した美里さんが、深影の肩越しに私をにらんだ。
「っ……や……」
　一気にフラッシュバックする、梶原さんの鋭い視線。
　いるはずがないのに、美里さんと重なって見えて体が震え出す。
　慌てて振り向いた深影が私に駆け寄ろうと……した。
　けど……。
「深影」
　その腕を繋ぎ留めた美里さんの白い腕。

「いいやん。この前もしたやろ？」
　その一言で、ガツンと頭の奥に衝撃が走る。
　この前も……した？
　何を…………？
　ううん、違う。
　聞かなくてもわかってる。
　あの日のことだ。
　深影と美里さんが一緒に登校してきたとき。
　でも、深影言ったじゃん。
　腕を組まれたのは一瞬で、すぐに離したって。
　嘘だったの……？
　信じられなくて深影を見る。
　目を見張る深影の顔色はかすかに青ざめていて。
　美里さんの言うことが本当なんだって、すぐにわかった。
「誰なん？　この子」
　訝しげな目を向けられて、サッと逸らす。
「関係ないやろ。離せ早く」
「嫌や」
「美里！」
　いつもより数倍低い深影の声を聞いても安心なんてできない。
　私の好きなその声で「美里」なんて呼ばないで。
　今ここで鏡華って呼んでくれたのなら、この不安も少しは誤魔化せたかもしれないのに。
「お前な……ちょっと来い」

ここじゃ場所が悪い、とでも言いたげに自分の腕を掴む手を振り払う深影。
　そのまま背を向けた深影の後を美里さんが嬉々として追っていくのを見て、胸が締め付けられる。
　深影が美里さんを振り切って私の手を引いてくれたのなら、目の前がぼやけたりなんてしなかった。
　――『美里ともう１回話してくる』
　それが今なら。
　私は深影を引き留めるわけにはいかない。
　けど、たった一言、名前だけでいいから私のことを呼んでほしかった。
　校舎の裏の方に消えていく２人の姿に、言いようのない不安と焦りが生まれる。
　信じてないわけじゃない。
　でも……。
　グッと手を握り締めて、音を立てて唾を飲み込む。
　追いかけよう。
　何もなかったらそれでいいんだから。
　バレないように、校舎の影に隠れて息を潜める。
　聞きたいような、逃げ出したいような。
　でもここにいたいような、変な気持ち。
「美里」
　私の迷いを断ち切るように、深影の声がスッと空気を裂いた。
　それくらい凛としていてよく通る低い声だった。

「何度も言っとるけど、俺はお前のことそういう対象としては見てない」
「なんそれ……そういう対象ってなに？　はっきり言って」
「だから、好きとかそんなんやない」
　怒気を含んだ美里さんの口調にも、動じることなく言い放つ深影。
　ジン、と胸がしびれた。
　私がいないところでは、なんて。
　馬鹿なこと考えてた私が馬鹿みたいだ。
「っ……！　本当に嫌ならきっぱり突き放してって言ったやろ！」
　甲高い声。
　耳に痛い美里さんの叫びがなぜかわからないけど梶原さんと重なって身震いした。
　大丈夫、大丈夫。
　ここに梶原さんはいない。
「フッたせいで変な雰囲気になるのが嫌？　そんなん期待させとんのと同じやん！」
　止まらない美里さんの叫び。
　それは深影を責めている風ではなくて。
　どちらかというと感情をそのまま吐き出している感じだった。
　深影も同じことを思っているのか、黙ったまま。
　はあはあ、と荒い息が薄れていって完全な沈黙が落ちる。
「それは悪かった。俺の言い方がいけんかったな」

「今更やん……そんなん」
「うん、でもごめん。気持ちは嬉しいけど美里に同じ想いは返せん」

 美里さんの嗚咽が聞こえてきた。
 苦いような、どこか苦しいような感情がこみ上げる。
 美里さんは期待していたのだろうか。
 何度も何度も告白して。
 断られて、最後には普通でいようっていう深影の気遣いに傷ついたのかな。
 私だってきっと、そんなことを言われたら期待しないって方が無理だ。
 告白して、ダメだったとして。それでもどこかで期待して、すぐになんて諦められなくて。
 二度と会いたくないって思ったりもするのに、フラれたからって気持ちが消えてくれるわけじゃないから……だから苦しいのに。
 加速する想いの止め方もわからないのに。
 それでも、好きな人を見つけるだけで胸が騒ぐのをコントロールできなくて。
 そんな中で、ほんの少しだけでも何かきっかけになるような言葉が残されたのなら。
 尚更止めるなんて無理なんだよ。
 突き放してほしいと思うのに、せめてそばにいさせてほしいと願うのは、矛盾しているのだろうか。
 それだけでいいって思うのに、やっぱり近づきたくなる。

そうしてまた傷付くのは自分なのに。
まだまだ小さな片想いしか知らない私だけど。
生まれた嫉妬(しっと)がふくらんで、今ここにいること。
好きな人に持つ感情が、甘いものだけじゃないこと。
疑念は簡単に晴らせないってこと。
少しずつだけどわかってきた。
「そんなにあの子がいいん？」
　え…………？
　鼻声と泣き声が混ざった声。
　あの子って……誰？
「うん、あいつやないとダメなんだ」
　深影はわかってるの？
　疑問符(ぎもんふ)が頭の中に散らばって、ぐるぐると混乱してきた。
「うちじゃダメ？　代わりにもならん？」
「代わりとかそんなんやない。美里は鏡華の代わりにはならんし、鏡華だって美里の代わりにはならん」
　っ……え……私？
　代わりにはならないって……。
「なんなん、深影はやっぱり優しいな」
「そんなことねぇよ」
「いやいや、最後の最後にうちのことまで考えてくれんでもいいんよ？」
　２人の乾いた笑い声が聞こえる中、１人で頭を抱える。
　私は美里さんの代わりにはならないし、美里さんも私の代わりにはならない……。

それって、そういうこと？
　いやいや、さすがにそれは都合がよすぎるよね。
　そんなわけない。
「ま、いいや！　全部聞かれとんことやしな」
「は……？」
「そこそこ。スカート出とんで、えーっと……鏡華さん？」
　嘘……！　バレてる!?
　慌ててスカートを引っ張るけど、確かに端っこがチラリと影の外に出ていた。
　こんなところでうっかりとかありえない。
　スカートを押さえたままどうにかやりすごせないかと思っていた……けど。
「ほら、やっぱりおった」
　ヒョイと顔を覗かせた美里さんと目が合ってしまうと、もうどうしようもなかった。
「うわぁ……可愛い子やなあ。おいでおいで。さっきはにらんでごめんな」
　差し出された手のひら。
　白くて細い綺麗な手を無意識につかむと、そのまま引っ張り起こされた。
　近くで見れば見るほど綺麗な美人さん。
　風香はツインテールなこともあって可愛い系だけど、美里さんはなんていうか……大人っぽい。
「なに？　そんな見らんでよ。照れるやろ」
「あっ、ごめんなさい！」

本当に綺麗なんだもん。
　ジッと見ちゃうのも仕方ないよ。
「じゃ、うちもう行くな。後はごゆっくり」
「えっ！　美里さん！」
「バイバイ、鏡華さん」
　目元に涙の跡を残して、鼻を赤くしたまま走っていく美里さんを呆然と見つめる。
　この状況で置いていかれたら、残るのは私と……。
「な、なんでおるん……」
「ごめん……深影」
「おっとってって言ったやんか」
「ううん、それは聞いてない」
　何も言わなかったよね？
　それで気になってついて来たんだもん。
　立ち聞きしたのは悪かったけどさ。
　はぁーと大きなため息をついた深影が、その場にしゃがみこんだ。
「深影……？　どうしたの？」
「さっきの全部聞いとったんやろ？」
「へ？　うん」
　ここまできて誤魔化すわけにはいかない。正直に言うと、深影はさらに深いため息をついて顔を伏せた。
「深影？　ごめんね」
　同じように深影のそばにしゃがみこむ。
　謝って許されることかっていうと、そうじゃないかもし

れないけど。
　でも止められなかった。
　隠れてることを黙ったままっていうことにならなくて、内心ホッとしてる。
　美里さんが気付いてくれてよかった。
「許さん」
「えっ！」
　な、なんで……？
　どうしよう、どうしたら許してくれるのかな。
　オロオロしていると深影がふっと笑った。
「目、閉じて」
「目……なんで？」
「いいから」
　暖かな手のひらで目元を覆われる。
　ピクピクとまぶたが震えているのが伝わっていないだろうか。
「鏡華」
　っ……ちかっ……近い！
　深影の吐息が唇を掠める距離。
　ドキドキと、ほんの少しの期待と。
　眉間にシワが寄るくらいに目元に力を込める。
　あれ…………？
　何も…ない？
　目元を覆う手のひらに熱がこもるばかりで何も起こらない。もしかしてって思ったのに……勘違い？

「みか……」
　深影。
　そう呼ぼうとした時。
　唇の端に冷たいものが触れた。
　同時に離れた手のひらの隙間から見える、至近距離に迫る深影の顔。
　鼻先が頬に、唇が私の口ギリギリのところに触れていた。
　少しでも顔を動かしたら唇同士が重なり合う。
　震える声で、名前を呼んだ。
「深影…………」
　"好き"……その言葉は、深く押し付けられた冷たい唇に飲み込まれた。
「っ……」
　全身から熱が噴き出すみたいな、変な感覚。
　でも不思議と嫌じゃなくて。
　かすむ目を薄く開くと、深影も同じように私を見つめる。
　こういう時は目を閉じるものなのかな。
　嫌だな。
　どんな深影でも映していたい。
　右目に埋め込まれた義眼は、他の人には瞳としてその形を見せる。
　けど……本来の役割を果たしはしない。
　色も、景色も、人も、全部。
　深い闇に溶けて、浮かび上がってはこない。
　この右目に深影を映すことができたのなら、どんなに幸

せだろうか。
　見えているのに、確かにそこにいるのに。
　たまにどうしようもなく不安になる。
　片眼じゃ足りない何かがあるような。
　片眼では映しきれないものがあるような。
　どうしようもなく、怖くなって。
　だったらせめて、この左目で。
　色を、景色を、人を。
　深影を、映していたい。
　一瞬でも見逃したくない深影がいる。
　瞬きするたびにシャッターが切れて、ずっとずっと残していたいくらい。
　記憶の奥に焼き付けて、ずっと深影を見ていたい。
　深影の、そばにいたい。
「……深影……」
「ん？」
「好き」
　やっと言えた。
　短いようで、長く感じて。
　それでもやっぱり、時間にすると短くて。
　けど、膨れ上がる想いは止まらなくて。
　ずっと、言いたかった。
「好きっ……」
　足りない。
　言葉にしているのに、声に出しているのに。

その瞬間にまた想いがこみ上げる。
　私ばっかり深影のことが好きみたいだ。
「深影は？」
　背の差があるせいで自然と見上げる形になる。
　頬が熱い。
　深影が息を飲んだ音がした。
「……お前な……わかるやろ」
「わかんない」
「聞きたい？」
「うん」
　ふわりと抱きすくめられて、耳元に息がかかる。
　ビクリと肩が跳ねたけど、そんなこと気にする間もなく。
「好きだ、鏡華」
　優しくて低い囁きが私を満たした。
　少し経つと、ポツリポツリと小雨が降ってきた。
「雨……か」
　この町の雨は降り出すと長い。
「鏡華、傘持ってきとらんやろ」
「うん。深影は持ってたよね？」
　朝家を出た時、傘を持っていたから、雨が降るの？って聞いたら『わからん』って言ってた。
　町の人の天気予報が百発百中なのはもう知っているんだから、私も持ってくればよかった。
「一緒に帰ればいいやん」
「へっ？」

「家隣やし」
　だ、だってそれって……相合い傘、だよね。
　いや、深影はそういうつもりで言ったんじゃないか。
　単に私が傘を持っていないのと、家が隣だから。
　うん、それだけだよ。
「相合い傘？」
　言葉尻を上げて、ニヤッと意地悪っぽく笑う深影。
　これは……ハメられた！
「ちがっ、止むよこんな雨！」
「いーや、ひどくなるぞこれは」
「わかんないでしょ！」
　そんな私の意地っぱりな願掛けは結局、昼過ぎからひどくなった土砂降りにかき消されたのだった。

壊れた傘が残す痕

「あー……ひっどい雨やなこりゃ」
　放課後。
　私の願掛けも虚しくひどくなる一方の雨を見て、風香がため息を吐いた。
　前の台風並みの雨よりは勢いが弱いものの、グラウンドは一面水浸し。
　私と深影の家は山に近いから、上り坂が大変なんだよね。
　大雨の日には滝のように雨水が道を流れ落ちる。
　その流れに逆らって家に帰ると靴はびしょ濡れ、靴下も絞れるくらい。
「風香は傘持ってきた？」
「もちろん。鏡華は……忘れたんやろ」
「なんでわかったの」
「鏡華のことならなんでもわかるわ」
　当たり前やろ？　って笑う風香。
　いつものように机に伏せる深影を横目に、風香を廊下に連れ出した。
「どうしたん？」
　突然のことに首を傾げる風香に小声で呟く。
「あ、あのね……」
「んー？」
「その……うーん……」

「はやく言ってよ」
　そんなこと言われたって！
　なんて言えばいいのかな。
　好きって言ったし、深影も言ってくれた。
　キスも……したけど、付き合うとかそんなこと一言も言ってないし。
　あれ……今の私と深影ってどんな関係？
「鏡華ー？」
「い、言ったの！」
　いや、さすがにこれじゃわかんないよね。
　訂正しようとしたのに風香が目を輝かせてにじり寄ってくるものだから、タイミングを逃した。
「本当に!?　嘘やん、まだ１ヶ月経ってない！」
「本当……です」
「うわー！　どっちから言ったん？　なあ、なあ」
　興味津々な風香の質問攻め。
　一通りの経緯を説明すると風香は目をうるませた。
「よかったぁ……心配してたんよ。美里のこととか美里のこととか美里とか」
　全部美里さんじゃんか。
　にらまれたときは怯んじゃったけど、思っていたような子じゃなかった。
　明るいし朗らかな感じで、風香と合いそう。
「よかった、あたしのが嬉しいわ……」
「ありがとう、風香」

自分のことみたいに喜んでくれて。
　風香はなんていうか……特別な人だ。
　前の私だったら第一印象で苦手なタイプだって決めつけていただろうけど、関わってみると全然そんなことなかった。つられて笑ってしまうような、素敵な人だよ。
「次は風香だね？」
「うっ……頑張る、けどダメやったらあたしのこと抱きしめてやってな」
　7月まであと3週間。
　風香が私にしてくれたように、私も精一杯風香のことを応援したい。
　——ガラッ。
「風香、傘忘れた。貸して」
　眠そうな目を擦って教室から出てきたのは工藤くん。
　ショルダーバックを肩にかけて、風香の荷物も持ってきてる。
「幸久も忘れたん？　2人ともちゃんとばあちゃん達の天気予報聞いとかんけんよ」
「悠斗がこの前傘折ったから僕の持って行ってるんだよ」
「そんなら仕方ないけど……はやく行こう、これからひどくなるけん」
　悠斗くんって確か工藤くんの弟だっけ。
　小3のやんちゃな弟がいるって前に教えてくれた。
「あたしの家通って傘持ってけばいいわ。鏡華、また明日な」
「あ、うん。気をつけてね！」

パタパタと並んで走っていく２人の後ろ姿を見守る。
　風香が心配しているようなことはないと思うんだけどな。もし風香のことをよく思ってないんだったら工藤くんは絶対に風香に近付かないよ。
　工藤くんはいい意味でも悪い意味でも好き嫌いがはっきりしてる人だから、見ていてもどかしい。
「鏡華、俺達も帰ろう」
　自分のリュックと私の鞄を持って深影が出てきた。
　ふと、廊下の曲がり角に消えていく風香と工藤くんを見て眉を潜める深影。
　どうしたのかな。
　考え込むような素振りを見せるから、気になる。
「深影？」
「ごめん、なんでもない」
　あれ……？　そうは見えなかったけど。
　深影がそう言うならいっか。
「もし……さ」
「うん？」
「幸久に何か言われたら……いや、やっぱりいいや」
　なんで言いかけてやめるんだろう。
　何か言われたらって……私工藤くんに何かしたっけ？
　心当たりがない。
　聞き返しても何も教えてくれなくて、土砂降りの雨の中を２人で歩く。
　大きめの傘だから濡れることはない…と思ってたけど。

「深影、肩濡れてない？」
　黒地の学ランの肩部分がびしょ濡れだ。
　なんだか申し訳なくなって、ピッタリと触れ合わせた肩を離す。
「風邪引いたらどうすんの」
「えっ……わ」
　グイッと引っ張られて再び傘の中に収まる。
　そんなの深影だって同じじゃん。
　風邪なんて引かせたくない。
　元はといえば私が傘を忘れたのが悪いんだし。
「今日お母さん遅いん？」
「お母さん？　うん、確か夜遅くなるって言ってたけど」
　お母さんが働いているのは、地元の人たちの溜まり場となっている居酒屋のようなところ。
　最近お店が大繁盛してるらしくて、閉店後の後片付けまで残ってる。そのせいで日付が変わってから帰宅することもしばしば。
　体調を崩したりしないか心配していたのだけど、見てる分には元気そうなんだよね。
　それがどうかしたのかな。
「俺ん家来る？」
　い、家!?
　あ、いや、そんなつもりで言ったんじゃないことはわかってる。
　けど……。

「そ、そんな急に言われても」
　ていうか私と深影って今恋人同士……なんだよね……？
　しょっちゅうお邪魔していたのに、なんか緊張する。
「じいちゃんも帰ってくるの遅いけんさ。夕飯作ってよ」
「夕飯？」
「そ。俺あんまり得意やないし」
　ご飯か……。
　おばあちゃんが亡くなってからお惣菜(そうざい)とか、簡単なものばかりって言ってた。
　お昼もお弁当じゃなくて毎日購買のパンだし。
　お弁当作ってあげようかなって思ったんだけど、タイミングがなかった。
　だって、急にお弁当なんて持っていって、いらないって言われたらショックだもん。
　深影がそんなこと言うわけがないんだけどね。
「わ……かった」
「冷蔵庫ん中の適当に使っていいけんな。食材だけじいちゃん買ってきとんのよ」
　びしょ濡れの靴を履き替えるために一旦自分の家に帰る。シン、と静まり返る家の中はまだ夕方５時なのに真っ暗。トタン屋根の部分があるからなのか、雨音がやけに大きく響いて少し怖くなる。
「っ、くしゅんッ」
　さ、寒い……足を冷やしたからかな。
　一気に全身が冷えていく感覚。

ブルッと身震いしてから深影に電話をかける。
　1コール、2コールしてすぐに通話に変わった。
『鏡華？　どうしたん？』
「あのさ……ちょっと冷えたからお風呂入ってから行っていいかな」
　1人だしお湯を張るのはもったいないからシャワーにしようかな。
『あー……じゃあこっちで入れば？　風呂ためるけんさ』
「えっ？」
『着替え持って来いよ』
　ブチッと切られた電話。
　こっちで……入ればって、どこに？
　お風呂ためるって言ったよね、お湯だよね。
「えっ!?」
　切れた電話口に叫ぶけど、もちろん応答なんてない。
　呆然としながら着替えを持って家を出る。
　鍵が開いたままの深影の家の玄関に足を踏み入れると、廊下にはモクモクと白い煙(けむり)が漂(ただよ)っていた。
「お邪魔します……」
　深影しかいないときに家に入るのって初めてだ。
　間取りはほぼ同じだから、行ったことはないけど深影の部屋の場所もわかる。
　ガタガタと音がする部屋を覗きこむ。
「深影」
　物が少ない深影の部屋。

ガタガタという音は深影がタンスを引っ張る音だった。
「お、鏡華。ちょっと風呂見てきて」
「うん」
　部屋を見られても慌てず取っ手が外れそうなくらいにタンスを引っ張る姿を見て、つい笑ってしまった。
　お風呂の様子を覗くと、より濃くなった煙の奥に浴槽が見える。
　……もうちょっとかな。
　部屋に戻ると、ようやく服を取り出した深影がベッドに腰掛けていた。
「深影、お風呂先に入って」
「いや、鏡華が先に入れ」
「やだ、深影の方が濡れてるじゃん」
「ワガママ言うな」
　ワガママ言ってるのは深影の方でしょ。
　濡れてる人のが早く温まらないでどうするの。よく見ると肩だけじゃなくて左側の髪まで湿っているし。
「みかっ……ふっ、くしゅん！」
　うぅ……やっぱり寒い。
　言わんこっちゃないって顔をする深影に返す言葉をなくして鼻をすすると、背中を押された。
「あんまり聞き分けないと一緒に入るぞ、馬鹿」
「馬鹿って！」
　ち、違う！　そうじゃなくて！
「は、入らないよ！」

無理、絶対無理。
「冗談に決まっとんやろ」
　コツ、と額を小突かれる。
　なんだ……よかった。
　深影ってときどき冗談なのか本気なのかわからないからさ……ビックリした。
「深影のバーカ」
　苦し紛れに舌を出して見せたけど、深影は笑い返すだけだった。
　モワモワと煙が立ち込めるお風呂場。
　自分の家じゃないだけでこんなに緊張するもの？
　並べられたシャンプーのボトルとか、深影が普段使ってるんだよね。お風呂の熱気のせいじゃない熱が頬にジワジワと広がる。
　……これじゃ私が変態みたいだ。
「あったかーい…」
　冷えた体にお湯がしみてジンジンと痛む。
　けど、全身が温もる頃にはそんな痛みはすっかり消えてしまった。
　ふわりと湯船に浮かぶ髪の毛。
　だいぶ伸びたなあ……。
　胸の辺りで長さをキープしていたつもりが今じゃお腹の上らへんまで伸びてる。
　義眼になった頃から、髪なんて気にする余裕もなかったしね。

今なら風香みたいにツインテールができそう。

ふぁ、とアクビが漏れた。

体が温まると眠くなる、なんて言ったら子供みたいだってまた笑われちゃうだろうな。

もう1度漏れそうになったアクビを飲み込んで、お風呂から上がった。

深影と交代して、部屋のベッドに腰掛ける。

髪から滴る雫をタオルで拭ってから、持ってきた鞄の中をあさった。

洗面所に行くと曇りガラス越しに深影が見えてしまうから、台所に行く。

もうすっかり慣れてしまった日課。

義眼の洗浄。

もう3ヶ月も経ったんだ。

長かったなぁ……。

この目とは一生付き合っていくことになる。

ずっと同じ義眼ってわけじゃないけど、意識しなければ体の一部みたいなものだ。

洗浄液で汚れを落としてから水洗いをする。

その間の右目は空洞……とは言い難く、潰れている感じ。

最初は装着時も取り外し時も瞬きに戸惑ったけど、今は全然平気。

まあ……好んで見たいとは思わないけど。

しっかりと洗い終わった義眼を入れる。

あるべき場所に収まった、って感じ。

「ふぇ……くしゅ!」
 早く髪乾かさないと風邪引いちゃう。
 深影の机の上に置いてあったドライヤーを借りて髪を乾かしていると、温風のせいで余計に眠くなる。
 物音がして、深影が部屋に来るのがわかったけど、堪えきれずにベッドに潜り込んだ。

「うか……きょーか、鏡華」
「ん…………なに……」
「なに、じゃなくて。起きろ」
 ペチペチと頬を叩かれる。
 筋張(すじば)っているけど、あったかくて。
 無意識にその手に頬をすり寄せた。
「んへへ……」
「コラ、いい加減起きろ」
「いたっ!」
 グイーッと頬を引っ張られた痛みで眠気が吹き飛ぶ。
 条件反射で起き上がった……つもりだったんだけど、視界に広がるのは天井。
 見ればベッドの端に腰掛ける深影が布団を下敷(したじ)きにしているせいで起き上がれない。
 なんなの、眠いのに。
 眩しくて目は半開きだし、きっとひどい顔してるんだろうな。
 ボーッと深影を見つめる。

キメの細かい肌と、襟元(えりもと)が開いているせいで余計に浮き出た鎖骨(さこつ)。
　髪はまだほんのりと湿っていて、額や首筋にペタンと張り付いていた。
　色っぽいなあ……かっこいい……。
　ボーッとしているようで実は見惚れてるなんて、絶対に言えないや。
「起きろ、飯作って」
「……何時？」
「7時すぎ」
　7時すぎ？　お風呂から出たのが6時前だったから……結構寝てたんだ。
　今更だけれど、このベッド深影の匂いがする。
　眩しさから逃れるためにシーツにボフッとうつ伏せる。
　何だろうね、これ。
　晴れた日の高台の匂いに似てる。
　お日様の匂い。
「みか……」
「ん？」
「いー匂いがする」
「はっ？」
　ろれつがうまく回らない。
「ちょ、おまっ……嗅(か)ぐな！」
「なんで？」
「恥ずかしいわ！」

脇の下から抱えられてグデッと起き上がる。
　そのままもたれかかったせいで、勢いのまま深影の上に倒れ込んでしまう。
　くるりと体を反転させると目の前にあるのは、もちろん深影の顔だ。
「……んっ」
　触れるだけのキス。
　してきたのは深影なのに、上に乗っている私がそうしてるみたいだ。
　かすかに赤みを帯びた深影の頬。
　ああ、きっと私の顔も真っ赤なんだろうな。
　こんなにも近くに深影がいて。
　募ってくるのは愛しさ。
　吸い寄せられるように、薄い唇に自分の唇を重ねた。
　驚いて目を見開いた深影が間近で目元を和らげる。
　やっぱり、目は閉じたくない。
　ただ唇同士を触れ合わせたまま見つめあっていると
「っ……」
　後頭部に回った深影の手に力が入った。
　深くなるキスに戸惑って、されるがまま。
　悔しいって思うけど、深影に勝てる日なんてきっと来ないんじゃないかとも思った。
　こんなにドキドキして、心臓が暴れて。
　落ち着けない、落ち着かない。
　でも……触れ合った深影の胸も私と同じくらいにドキド

キしていて、少し安心した。

「はあ？　風邪？」
「うん、昨日顔赤かったし」
　今朝、私は1人で登校した。
　家を出る前に深影からメールが届いて、風邪を引いたとのこと。
　熱が高くて朦朧としてるって書いていたけど、その通りなのだろう。
　ところどころ誤字があった。
「深影が風邪なんか珍しいなあ……」
　目を真ん丸にして風香が言う。
　私も珍しいとは思ったけどさ、昨日の夜確かに深影の顔が赤かったもん。
　私と同じ気持ちなのかな？　なんて思ってたのに、恥ずかしい。
「まあ、鏡華が家に行っちゃればすぐ治るやろ」
「来るなってメールに書いてたよ」
　私のことだからどうせ学校が終わったら来るとか言うんだろうけど、やめろって。
　風邪が移ったらいけないからって言いたいのはわかる。
　でも……ちょっと寂しいな。
「あ、幸久来た」
　風香の視線を追うと、後ろのドアから入ってくる工藤くんがいた。

右手には傘を持っている。
　昇降口に置いていて盗まれたことがあるらしくて、それから教室に持ってくるようにしてるんだって。
　ていうか、私また傘持ってきてないよ。
　昨日の大雨が嘘みたいに、今日の天気は快晴。
　雨なんて降るはずがない……のに、工藤くんが持ってきているなんて、まさか……。
「ね、ねえ……風香、もしかして今日雨降ったりとか……しないよね？」
「昼から降るってばあちゃんが言っとったよ？」
　わずかな希望を込めて遠まわしに言ったのに、一刀両断。
　思わずピシリと固まってしまう。
「うーん……ごめんなあ。今日あたし店番頼まれとんのよ。鏡華は掃除当番あるやろ？」
「うぅ……大丈夫、ありがとう」
　今日は私と深影を含めた数人が掃除当番。深影がいない分の時間もかかるし、待っててとは言えない。
「幸久に入れてもらいよ？　遠回りになるけど傘貸してくれるやろうし」
「いいのかな……」
　もうそうするしかないか。予備の傘は全部ボロボロで使えたものじゃないんだもんね。
　工藤くんに頼んでみたら、無表情で無愛想だったけど了承してくれた。
　深影が隣にいないだけで１日がとても長く感じる。

授業中はどこか上の空で、5回も注意された。
「戸塚さ、今日深影がおらんからあんなやったん？」
「へっ!?」
　教室の掃除中、不意にそんなことを聞かれて、集めたばかりのゴミを再び床にまき散らしてしまう。
　いたずらっぽく笑う坊主頭の永田くん。
　そんなに仲がいいわけじゃないけど、誰にでも分け隔てなく接する人だから話しやすい。
「違うよ」
「付き合っとんのやないん？」
「な、なんで……？」
「見てればわかる。中高ずっと同じやけん特に深影のことはな」
　聞いてきたくせに、絶対わかってるでしょ。
　皆それぞれのグループを持っているけど、基本的に誰とでも仲がいい感じのこのクラス。
　長い間一緒にいたのならちょっとした変化に気付いてもおかしくない。
「よかったな」
　永田くんは私の手からチリトリを奪って、ゴミを片付けてくれた。
「……ありがと」
　これじゃ何にお礼を言っているのかわかんないや。
　掃除用具を片して廊下に出ると、壁にもたれる工藤くんが顔を上げた。

「ごめんね、待たせて」
「いいよ。早く行こう」
　先に歩いて行く工藤くんの歩調は私よりもずっと速くて。深影が私に合わせてくれるのに慣れてしまっているせいで、少し早足じゃないと追いつけないくらい。
「ま、待って」
「なに」
　ピタリと立ち止まって私を見下ろす工藤くん。
　私の息が乱れているのに気付いたのか、バツの悪そうな顔をして小さく謝った。
「もうちょっとゆっくり歩いてくれる？　ごめんね」
「いや……ごめん」
　落としてくれたスピードに合わせて傘の中で寄り添う。
　気まずい空気が流れるけど、だからって話すことなんてない。
　さっきから私ずっと謝りっぱなしだ。お互いに気を遣うせいだってわかってるんだけどね……。
　何となく工藤くんに対して萎縮しちゃうようになったのには、理由がある。
　深影は気にしてなかったみたいで、今は普通だけど、工藤くんは１度深影を殴ってる。
　私と深影の間で起こったことなのに友達を殴る工藤くんのことが、よくわからない。
　その時から工藤くんのことが少し、怖い。
　お互いに黙ったまま、工藤くんの家に到着。ガラガラと

引き戸を開けると、ふわりと抹茶の香りがした。
「おかえり、幸久。鏡華ちゃんもいらっしゃい」
「あ、お久しぶりです！」
　ショーケースの内側に立つ、優しそうな顔立ちの女の人。
　工藤くんのお母さん。
　何度かお邪魔するうちにすっかり打ち解けた。工藤くん本人よりもお母さんの方が話しやすかったりする。
「ちょうどよかった、新作の味見してくれる？」
「はい、ぜひ」
　外は大雨。
　私が傘を忘れたことを察したのだろう、お皿と一緒に大きな和傘を持ってきてくれた。
　竹ようじを手にとって、桃色の大福のようなものを割る。
　中からトロリと蜜色の液体が流れ出た。
「これ……葛湯……ですか？」
「そうよ、正解」
　葛湯かあ。懐かしいな。
　子供の頃、熱を出した時におじいちゃんが作ってくれたっけ。
　幼稚園以来の葛湯は、さすがプロが作ったものと言うべきか、絶妙なとろみと色。
　中にたくさん詰まっていたらしく、割ったところから溢れでる葛湯をすくって大福を口に入れる。
　その様子を見て、工藤くんのお母さんが苦笑した。
「とろみが薄くてね、割るとすぐに出てきちゃうのよ」

「そうですね……おいしいけど、ちょっともったいないかもしれないです」
　残った葛湯をすくって舐めたりするのは行儀が悪いし、何より竹ようじじゃ無理だ。
　とろみを残したまま、大福に閉じ込められたらいいのだろうけれど、難しいよね。
「大福２層にすればいいんじゃないの」
　ジャージに着替えた工藤くんが奥から出てきて、ボソッと言った。
　大福を……２層に？
「底の部分を別の素材でもう１層作って、溢れたのが溜まるようにすれば」
　びっくりした。
　何がって、工藤くんがそんなこと言うとは思わなくて。
　普段何にも興味を示さないように見えるのに。
「なに」
「意外だなって……」
　ついポツリと正直に言ってしまう。
　気分を悪くしたのか、工藤くんは眉根を寄せた。
「別に、僕ここ継ぐし。興味ないわけじゃない」
　そうだったんだ。
　老舗って名前の通り、このお店には結構な歴史がある。
　そんなお店を継ぐって、すごいなあ。
　相変わらず表情の読めない工藤くんを見て、工藤くんのお母さんが小さく笑った。

お礼を言って外に出る。
　骨数の多い和傘は開くとぶわりと大きく広がった。
「送る」
「え？　でも、往復しないといけないよ？」
　同じように傘を広げて工藤くんが先に歩き出す。
　ここからだと上り坂が多いのに、なんでだろう。
　工藤くんなりの優しさなのかなって思ったけど、どうにも素直に受け止められない。
　深影や風香になら、何よりも先にありがとうを言えるのに工藤くんだと言葉が出てこなくなる。
　ただただ、申し訳ない気持ちでいっぱいで。
　そんな私の気持ちに全く気付いていない、なんてことはないはずなのに。
　本当に……工藤くんはよくわからない。
　うつむきがちに歩いていると、工藤くんの足元さえ見えない。
　大丈夫だからって一言言えばいいだけなのに。
　どうもあの時から、工藤くんに対しては黙ってしまうのが癖になりつつある。
「深影と付き合ってるって本当？」
「え……？」
「最近深影の様子変。浮かれてるっていうか、嬉しそうだったから」
　浮かれてる……？
　深影のそんな雰囲気、ちっとも感じなかったけど。

ていうか……てっきり工藤くんには深影が言っているんだと思ってた。
「……うん」
　隠すことじゃないよね。
　そういえば深影が、工藤くんに何か言われたら……とかなんとか言ってたっけ。
　怒ってる感じはないし、私が何かしたわけじゃないっぽいけどな。
　心当たりがないんだもん。
　関係ない……よね。
　──ドンッ。
「っ……いたっ」
　なに？
　そっと傘を上向ける。
　目の前にあるのは大きな工藤くんの背中。
　いつの間に立ち止まったんだろう。
　全然気付かなかった。
「工藤くん？」
「…………」
「ね、ねえ……」
　こわい。
　なんで返事してくれないの？
　私やっぱり何かしちゃったのかな。
　ズリ、と後ずさろうとした瞬間。
「っ……やっ」

勢いよく振り返った工藤くんの手が、無理矢理私の手首を捕らえた。
　ぞわりと背筋に鳥肌が立つ。
　全然、違う。
　深影に触れられたら平気なのに、むしろもっと触れられたくなるし、触れたくなるのに。
　深影以外の人に不用意に近寄られるのは……嫌だ、怖い。
　何とか傘だけは落とさないように、持ち手をギュッと握り締める。
　でも……それが仇になった。
　かがんだ工藤くんの顔が近付いてくるのをよけきれなかった。
　ハッとしたときにはもう遅い。
　冷えた工藤くんの唇が、私の唇に重なった。
　頭が真っ白になる。
　なんで？
　工藤くんは何をしているの？
　答えのない疑問が浮かんでは、白に溶けていく。
　何も、考える余裕がない。
　視界の端っこで、地面に落ちた工藤くんの傘がカラリと揺れる。
「や、やめて！」
　パシャン、と音を立てて大きな和傘が地面に転がった。
　途端に肌に降り注ぐ大粒の雨。
　突き飛ばしたせいでバランスを崩した工藤くんが、よろ

めいた後、私を見つめた。
　うん、って私は深影との関係を肯定したのに。
　それなのに、なんで？
　聞きたかった、けど、聞けなかった。
　冷たい目で私を見ているんだと思っていた工藤くんが、こんなにも、瞳を不安定に揺らしていたから。
「僕が……」
　掠れた声が、ただでさえ大きな雨音にかき消されて、かろうじて耳に届くか届かないか。
　何かを言っているのが口の動きでわかるけど、言葉としての意味がわからない。
「……好き…………ったら」
　え…………？
　好きって……誰が……。
　端々にしか聞こえなかった単語が頭の中を駆け巡る。
　やがて困惑に変わったそれを自分ではどうすることもできなくて、顔を伏せた。
「……ごめん、忘れて」
　パシャパシャと水音が遠ざかる。
　放心したみたいにその場に佇んで、ようやく顔を上げた時にはもう工藤くんはいなかった。
　忘れてって言われて忘れられるようなことじゃない。
　悲しいとか、そんな感情１つも湧いてこなくて。
　冷たい雨に濡れて冷えた体と、ジリジリと熱を持つ目元。
　泣きたいわけじゃないのに。

今、どうしようもなく深影に会いたい。

ドンドン、と玄関の戸を叩く。
「はいはい……おお？　鏡華ちゃんやないか。どうした？ そんなにびしょ濡れになって……入りなさい」
ビックリした顔のおじいちゃんが家に招き入れてくれる。何も聞かずにバスタオルを被せてくれた。
「お母さんは今日も仕事に行っとるんやろ？」
コクン、と頷くことしかできない。
今声を出したら絶対に震えてしまうから。
「この雨じゃあ帰ってこれんかもなぁ……最近は雨が多くて困るわ」
うつむいて足取りのおぼつかない私の肩を、優しく押してくれるおじいちゃん。
手渡された深影のジャージを着ると、袖が長くて手が出ないし、裾は太ももの辺りまである。
ふわりと香る深影の匂い。
柔軟剤の匂いだけじゃない、深影が普段に着ているものだからこその香り。
それだけでなぜかとても、安心した。
「深影……」
ベッドの膨らみを覗き込む。
紅潮した頬と、少し荒い吐息。
深影の額や首筋に浮かんでいる汗を、枕元にあった濡れタオルで拭く。

工藤くんにあんなことされた後なのに、こんな何でもないようなことが嬉しい。
　汗で貼り付いた髪を撫でる。
　起きないでね……。
　触ったら起きてしまうかもしれないのに、それでも触れたくて。
　前に深影が私の頬をつまみながら言っていた。
『鏡華のほっぺは柔らかいけんずっと触ってたい』って。
　自分ではよくわからなくて、太ったかな？　って思ったんだよね。
　でも……こうして深影の頬を触っていると、自分の頬とは違うんだって、よくわかる。
「ん……」
　あ……どうしよう、起きちゃった……？
　サッと手を引っ込めたタイミングで深影の目がうっすらと開く。
「きょう……か……？」
「ごめんね、起こしちゃった？」
「なんで……おるん……？」
　もしかして……怒ってる？
　来るなって言われてたのに来ちゃったんだもんね。
　そんなことすっかり忘れてた。
「鏡華……泣いた？」
「え……？」
「目、赤い。涙の跡残ってる」

グイッと目元を少し強めに押し上げられる。
　涙は雨の水と一緒に拭ったから、もう残っていないはずなのに。
　跡が残るほど泣いたつもりはなかった。
　だから、ちょっとだけ動揺してしまって。
「おいで」
　気怠げに起き上がった深影に二の腕をつかまれて、ベッドの上に引き上げられる。
　まだボーッとしている深影が私の肩口に頭をぶつけた。
　じわりじわりと広がる、深影の熱。
　触れたくて。
　でも、深影ならすぐ気付いてしまうだろうから、出来なくて。
　だけど、やっぱり我慢できなかった。
「本当にどうしたん」
　両腕で深影の頭を抱き込む。
　あったかい。
　腕の中にいるのが深影だと思うだけで、すごく安心する。
「息できんやろ」
「っ……ごめん……」
「逆がいいんやけど」
　逆…………？　どういうこと？
　意味がわからなくて、腕の力を弱める。
　その隙にすばやく顔を上げた深影が今度は私の後頭部を引いて肩に押し付けた。

体も熱い。

まだ熱が高いんだろう。

起こすべきじゃなかった、寝かせてあげないといけなかった。

そんな思いとは裏腹に、本能なのか無意識なのか、深影から離れることができない。

それどころか、グイグイと硬い胸板にピタリと頬をつけてしまう。

ドクンドクン、って。いつもより速い心臓の音。

不意に頬を包まれて、熱に浮かされたように揺れる深影の瞳が近付いてくる。

「っ……や」

吐息がかかって唇が触れる寸前。

初めて、深影を拒んだ。

「あ……」

違う、違うの。

嫌だったわけじゃなくて。

深影の唇が触れそうになった瞬間、湧き上がってきたのは……罪悪感、だった。

なんでこの瞬間まで冷静でいられたのかがわからないくらいに、取り乱す。

必死に内側に抑えようとしたけど、怪訝そうな顔をした深影が私の名前を呼んだ。

「鏡華……？」

どうしてこんなにも優しく感じるんだろう。

深影が教えてくれたものや、見せてくれたもの。
呼んでくれる名前。
"好き"が込み上げてきて、泣いてしまいそう。
「……んっ」
力の抜けた一瞬を見計らって、深影が唇を重ねた。
工藤くんの唇は冷たかったのに、深影の唇はあったかい。
熱があるせい？
ううん、それだけじゃない。
きっと、私の唇も熱い。
反射的に逃げようとすると引き寄せられて、深くなるにつれて呼吸が奪われる。
苦しいのは呼吸だけじゃなくて、心もだ。
苦しいくらいに胸が満たされて、いつの間にか頭の中をチラついていた工藤くんはいなくなっていた。
「……なんがあった？」
膝の上で固く握り締めた手が深影の熱い手のひらで覆われる。
怯えた顔でもしていたのだろうか。
大丈夫、と頭を撫でられて、うまく吐き出せないでいた息を押し出した。
「工藤くん……に……」
「幸久……？」
ピクッと深影の眉が寄せられる。
怒ってる……？
やっぱり言わない方がいいのかな。

最低な奴だって思われたらどうしよう。
　深影は急かすでもなく責めるでもなく、私を待ってくれている。
　それでもなかなか言い出せなくて、黙り込んでしまう。
「好きって言われた？」
「え……」
　なんで、わかるの？
　顔に出てしまっていたのか、深影は曖昧に笑う。
「知ってた。幸久が鏡華のこと好きだって」
　知ってた……知ってた!?
　な、なんで……ていうかいつから……。
「見とると結構わかり易いんよ、あいつ。ポーカーフェイスっぽいけど割と表情に出るけん」
「それって、いつから……」
「春霞屋に行った時らへん？」
　疑問系なのに、妙に確信めいた言い方。
「だから１人にさせたくなかったんよ。ごめんな、風邪なんか引いて」
「それは……仕方ないよ」
　風邪引きたくて引いたわけじゃないし。
　ていうか、そういう問題じゃなくて。
「他に何か言われた？」
　言われたんじゃない……されたことの方が頭の奥に貼り付いて離れてくれないの。
　告白されたんだって事実が薄れてしまうくらい。

言葉にはしていないのに、やっぱり私は表情に出てしまうらしい。
　心配そうな、少し怒った様な深影の顔。
　隠したくない。
　深影との間に、不安に繋がるものを残していたくない。
「避けられなくて……」
「なんが？」
「っ……口」
　ああ、もう。
　なんで遠回しにしか言えないんだろう。
　それでも深影にはしっかりと伝わったみたいで。
「は……？」
　見たこともないくらいに顔を歪めた深影に、自分の体が萎縮するのを感じた。
「いたっ……」
　ギリッと軋むくらいに手を握りこまれる。
　声が聞こえていないのか、力はどんどん強くなっていく。
　爪が食い込んでるとかそういうわけじゃないのに、手のひらの力だけでこんなにも痛みが走る。
　力の差を思い知らされているみたい。
「いっ……深影っ！　痛い！」
「っ……」
　ついに耐えきれなくなって叫ぶ。
　弾かれたように手を離した深影の瞳が不安定に揺れる。
　ジンジンと痛む手の甲は真っ赤。

自分で手を包み込んで深影を見上げる。
　その瞬間。
「ふっ……んん……」
　荒々しく唇が重なる。
　軽く触れ合わせてから、だんだん深くなる口付けが好きなのに。
　私の意思なんて関係なしに、唇を割って入ってくるものを、怖いと感じた。
　それでも拒絶(きょぜつ)するなんてできなくて。
　したくなくて。
　深影が怒りを向ける先が私なら、それを受け止めるのも私だ。
　ぞわぞわと鳥肌が立つ。
　どうやっても心地よいものにはならない。
　唇が離れた一瞬の間に、今伝えたいことをかすれた声に乗せた。
「ごめ……ん、ね」
　好き、って告げるのは胸の奥が熱くてムズムズして、もっともっと伝えたくなるのに。
　こんなことを言ったって、苦しいだけだ。
「怒んない……で」
　自分勝手だろうか。
　深影が大きく目を見開いて慌て出す。
「怒っとらんよ」
「怒ってる」

「本当に怒っとらんけん……鏡華には」
　……私、には?
　じゃあ……工藤くん?
「やっぱり鏡華も風邪引けばよかったんに」
「え……なんで?」
「そしたら俺がおらんとこで幸久にんなことされんかったやろ」
　怒り顔から一変、ブスッとした不機嫌な顔に変わる。
「嫌いになってない?」
「はあ?　なるわけないやろ。言っとくけど、俺のが鏡華のこと好きやけんな」
「工藤くんより?」
「違う、鏡華より」
　私より?
　それなら絶対違うよ。
　私の方が深影のこと好きだもん。
「一目惚れ舐めんなよ」
「へっ!?」
　一目惚れ!?
「も、もう1回!」
「いやだ」
「ケチ!」
「うるさいよ」
　う……だって、気になるじゃんか。
　聞き間違いじゃないんだよね?

「そんなに不安？」
「……うん」
　不安っていうか……うん。
　深影よりも想っていたいって思うのに、自分の方が気持ちが大きいと不安になる。
　想い合うってきっと、お互いに同じくらいの"好き"を向けられる関係なんだと思う。
　それが私の理想だから。
　深影が言葉にしてくれても不安になるなんて、私相当面倒なやつだ。
「愛とか、まだよくわからんから」
「深影……？」
「好きしか言えん」
　初めて会った日のように、おでこを小突かれる。
　違うのは、その後を追うように唇が触れたこと。
「じゃあ、言って？」
「……どうしても？」
「うん」
　聞きたい。
　あ、でも、そんなこと言われたらもっと好きになっちゃうんだろうな。
　私だって、まだ愛なんてよくわからない。
　"愛してる"って、意味もわからず伝えるよりも。
　沢山の"好き"が欲しい私は、まだ大人になりきれないだけの子供なのかもしれない。

それでも、同じものを分け合っていたい。
「鏡華、好き」
　はにかんで、そう言ってくれた。

　私は忘れていたのかもしれない。
　壊れた傘だけが傷ついて、誰かに痕を残すことなんてない、と勘違いをしていた。

星屑になるほどきらめいて、夜が来る

　全快した深影と一緒に登校した月曜日。
　土日を挟んだことで工藤くんとのことはだいぶ落ち着いた。あくまでも私が……だけど。
「あいつ……もう来とんのか」
　勝手に誰かの靴箱を開けて中を確認する深影。
　そこって確か……工藤くん？
　まだ時間には早いのに、珍しい。そんな普段との違いにさえ、だんだんと不安になってくる。
　私の表情が固くなるのに気付いたのか、深影がポンと肩を押さえつけた。
　無意識のうちに力が入ってたんだ。
　物理的に押さえられたからじゃなくて、深影だからかな。
　やっぱり、安心する。
「あれ……」
　もしかして……風香ももう来てる？
　私の1つ上の靴箱。
　小窓から見えるのは学年カラーのスリッパじゃなくて、指定の靴。
「どうしたん？」
「え……っと、なんでもない」
　おかしいな。
　昨日の夜に送った、先に行っててってメールに返信がな

かったから心配してたのに。
　気付いてなかっただけ……？
　違和感を感じながら教室に入る。
　教室の後ろや誰かの席のまわりに人が集まる、いつもの風景。
　でも、工藤くんの席には荷物はあるのにその姿がない。
　いないの……？　なんで……？
　変にビクついてしまうのは、これが私と深影、工藤くんだけの話じゃないから。
　今更かもしれないけど、もしかして。
　……風香……知ってる？
　何も言わなかったんじゃない、言えなかった。
　何事もなかったように、とまでは無理だってわかってた。
　だからせめていつも通りを装っていようと思った。
　器用じゃないから、それさえできる自信もなかったけど。
「鏡華……！」
「え……」
　突然、後ろからグイッと手首を引かれてバランスを崩す。
「あっぶね……お前、何して……」
　とっさに深影が支えてくれたからよかったものの、あのまま倒れこんでいたら危なかった。
　つかまれたままの手首の先を追う。
　泣きそうな顔を強ばらせた、ツインテールの女の子。
「風香……」
　目が真っ赤に腫れてる。

どうして？　って聞くまでもなく、その理由が浮かんだ。
「来て」
「来てって……どこに……」
「いいけん」
　いや、よくないよ。
　HR始まっちゃうし、前みたいにサボったら今度こそ怒られるだけじゃ済まないかもしれない。
「話があるんやったら後にしろよ」
「深影には関係ないやろ」
　そんな言い方しなくてもいいのに。
　言われた深影じゃなくて私の方がムッとしてしまう。
　とにかく、ここにいても仕方ないし……。
「後で戻るから、先生誤魔化しててね」
　HRに間に合わないことを予測して、深影にお願いしておく。
　多分……あの担任の先生をだますって、深影でも難しいと思うけど。
　風香に手首をつかまれたままだから歩きにくさはあるものの、お互いの足は迷いなく進む。
　相変わらずジメッとした空気の校舎裏。
　前と同じ場所に腰をおろした途端、風香が泣き始めた。
「風香……？」
　押し殺したような、小さな嗚咽。
　ここに来るまでも我慢してたんだよね。
　ずっと手に力が入っていたから。

小刻みに震える肩をトントンとすると、一瞬ビクリとしたものの、私の手を振り払いはしない。
　落ち着かせるように、一定のリズムを刻む。
　これは私が深影にされると安心することだけど、風香にとってはどうだろう。
「ぅ……金曜日の……夜にな……」
「うん」
「幸久からっ……電話が、あって」
「……うん」
「鏡華に…………告白したって」
　何度も喉に詰まらせながら風香が言ったことに、サァッと背筋が冷えた。
　私は風香に何も言っていないから、工藤くんが何か言ったんだろうってことはわかっていたけど……なんで……そのことを……。
「だから……」
　自分の意思じゃなくて、押し出すみたいに風香の震える声が漏れる。
　小さな小さな、声が耳にしっかりと届いた。
「……あたしの気持ちには……応えられんって……」
　え…………？
　あたしの気持ちってまさか……。
　風香が、工藤くんのことを好きっていうこと……？
「い、言ったの？」
「言っとらん……やっぱり、バレとったんや」

それ以上何も言わずに黙り込んでしまった風香に、声を
かけることができない。
　どうしよう、なんて言えばいい？
　ごめん、とは言えない。
　何に対しての謝罪だとしても、今の風香にそれはダメだ。
　でも……どうしたって頭に浮かぶのはそれだけで。
「あの……風香……」
　何を言おうとしているのか自分でもわからないまま、口
を開いた時。
「あたし、鏡華のこと嫌うとかそんなんありえんけんな」
　風香がキッパリと言い切った。
「え……」
「幸久が鏡華のこと好きになるのもわかるもん……」
　風香が何を言いたいのかよくわからなくて、首を傾げる。
　そんなタイミングで鳴り響いたチャイム。
　校舎を出てきた時にちょうど鳴ったチャイムはHRのだ
から……1限のチャイムか。
　世界史とかそんなだった気がする。
　どこかぼんやりとしながらそんなことを考えていたら、
ザワザワと雑草を踏む音が近付いて来た。
　え……なに？
　誰かが来たのだろうけれど、こんな所に誰が……。
　少し警戒しながら音のする方に目をやると。
「あ、やっぱりここにおった！」
「……美里……さん？」

前髪をピンで留めているから、この前とはまた印象が違う美里さん。
　大人っぽい雰囲気から一転、女子高生って感じの……元気さが溢れてる。
　でも、なんで美里さんが？
「美里……なんで」
　気付いた風香が驚いて美里さんを見る。
　チラッと後ろを振り向いて何かを確認した後、美里さんはササッと私達の前にしゃがみこんだ。
「久しぶりやんな、特に風香」
「う、うん……久しぶり。やなくて、なんでおるん」
「チャイム鳴る前やのにどっかに行くあんたら見かけたけん、つけてきましたー」
　見られてたんだ……。
　そうだよね、美里さんのクラスの前通ったもん。
　私のクラスと違って、先生が来る前には皆席についてた。
「ホームルーム終わってすぐ出てきたんやけどなかなか見つからんでさ。もう授業始まったわ」
「大丈夫なの？」
　一応……サボってることになってる私達を追いかけてきた美里さんも、そういう体になる。
「1限山本っ！」
　山本って……まさかあの山本先生？
「あ、知らん？　生徒指導のクマみたいな先生なんやけどな。うちのクラスの化学担当なんよ」

や、やっぱりあの山本先生なんだ。
　学校を抜け出した時、これでもかってくらいこっぴどく叱られたことが原因で、山本先生に苦手意識を持ってしまっている。
　事情を話したら苦い顔をしていたけど、とにかく指導は指導だからって反省文を書かされたし。
　他の校則違反や問題を起こした生徒は即刻、保護者を呼ばれるらしいから、それを考えたら寛大な処置だったと言えるのかもしれない。
「なんか変な雰囲気やったけん、ほっとけんかったんよ」
　授業のことは気にしてないって感じで笑う美里さんに、風香は深く眉を寄せた。
　仲がいいわけじゃないって言ってたっけ。でも名前で呼び合ってるし、この表情も嫌悪ではなさそう。
　何が不服なのかわからない。
「勝手にサボったことにしとってよ。あたしらまでとばっちりは嫌やけんな」
　……もしかして風香が気にしてるのって山本先生のこと？　わ、私も一緒に怒られるのは嫌だ……。
「い……言わないでね……」
　本当に山本先生は怖いの。
「言わんけん安心してよ。てか、２人共山本のこと警戒しすぎやないん？　そんな怖くないやん、クマやけど」
「山本先生にそんなん言えるの美里だけやろ……」
　呆れたように風香が言うけど、その通りだ。

呼び捨てはおろか、クマだなんて絶対に、口が裂けても言えない。
「で、なんがあったん？」
　風香の隣に座った美里さんが改めて言うと、また風香の顔が曇り出す。
　それを見て何かを察したのか、美里さんが私に向けて口をパクパクとした。
　えーっと……ゆ……き、ひさ……？
　幸久？　工藤くんかな。
　コクリと頷いて見せると、やっぱりって顔をされる。
　美里さんも風香が工藤くんを好きだって知ってるの？
「あたし……どうしたらいいんやろ……」
　風香がポツリと呟く。
　どうしたらいいか。
　その言葉に込められたものは大きくて、きっと風香にしかわからないようなことがたくさんあって。
　助け舟を求めて美里さんを見る。
　その瞬間。
「いっ……！　美里、何するん！」
　美里さんが伸ばした手が風香の頬を挟み込んだ。
　頬骨を押すような挟み方に、慌てて美里さんの手を引きはがす。
　そ、それは痛いよ。
　さすがにやり過ぎなんじゃないかと思ったのだけど、美里さんは平然としている。

私はまだあまり美里さんのことを知らない。
　でも……もしかしたらものすごい女の子なんじゃないかな……。
「どーするもこーするもないやん。好きなら好き、以上！」
「以上って……あたし一応フラれたんやけど……」
「だってやめれるもんやないし。何にウジウジしとるん、あんた」
　戸惑う風香に構わずに、まくし立てる美里さん。2人の言い合いを聞きながら、ふとあることに気がついた。
　美里さんの好きな人って、深影だよね。
　私は告白の場面を見てしまったわけで、しかもそれが美里さん本人にバレてる。
　今の話を聞いている限り、美里さんはまだ深影のことを好きで……。
「あら……鏡華、何そんな顔しとるん」
　え……？　そんな顔……？
　ていうか、美里さんいつの間に私のこと呼び捨てにしてるんだろう。
「うちだって半端な想いやないんやから、今でも深影のことは好きよ？」
　サラリと言い放たれて、思わず石段に置いていた足を踏み外した。
　あっぶな……ここ下はドロドロだから落ちたら大変なことになってた。
　じゃなくて……！

え……いや、うん、知ってたけど。
　そんな簡単に終わったとは言えないものだけど。
　目の前でそうはっきり言われると……。
「もー、そんな顔せんの！」
「だ、だって」
　今度はわかるよ、私今すっごい泣きそうな顔してる。
　ダメだ、だって今泣きたいのは私じゃない。
「深影のそばにおる子のこと最初は気に入らんかったけどな、こんな可愛い子なんやもん。仕方ないわ」
「仕方なくないよ……っ」
　誰の方がどうとか、そういう問題じゃない。
　ただ、自分の気持ちに仕方ないなんて言ってほしくない。
「大丈夫やって。深影がいつまでもウジウジしとってなかなか言ってくれんかった時の方が辛かったけん」
　どうして女の子って、こんなにも強いんだろう。
　悲痛げな面持ちじゃない、むしろ明るくそう言った美里さんはとってもキラキラしてる。
「隙があれば奪ってやろう！　とか思っとるズルい女よ、うち。やけん、油断せんでな」
「えっと、それは……こわいなぁ……」
　目が本気なんだもん。
　でも、ちょっと安心した。
　こんなに想われてるなんて、深影はちょっと贅沢だ。
「もちろん、友達としてもよろしくな」
「あ……うん」

美里さんがニッコリと笑って差し出した手を握る。
　ちょっと力を込められたから、負けじと握り返したのは内緒だ。
　そんな私達の間で体を縮こまらせている風香の手をギュッと握る。
　反対の手を美里さんが握ると、風香はビックリしたみたいに私達を見た。
「さて、と。これからどうしようかな。うち正直なこと言うと幸久のこと苦手なんやけど」
　美里さんも工藤くんのこと苦手なんだ？
　私と一緒だ……。
　容姿からして人気はあるみたいだけど、態度とか空気が怖いって皆あんまり近寄りたがらない。
「なんかなぁ……幸久って内面すごい激情家っぽいわ。勢い任せでやらかすタイプやな」
　冷静に分析する美里さん。
　確かに、そうなのかもしれない。
　見ているだけだとなかなか気付かないけど、ふとした一面に意外性が隠れてたり。
　あまり多くはないけど、思い当たる節をポンポンと浮かべていく。
　最後はやっぱり、この間の出来事が浮かんだ。
「風香、あの……」
　ここまで来て黙ってるなんてよくない。
　ううん、私が風香に隠し事はしたくない。

だから。
「キス……されたの、工藤くんに」
　した、って言わなかったのは、私が悪者になりたくなかったから。
　変な気遣いばかりして、ハッとした時には遅かった。
　ひどく傷ついた顔の風香を見て、すぐに後悔した。
　言わなければよかったって。
「はぁ!?　なんなんそれ。最低やな!」
　美里さんが怒鳴るけど、私は風香から目を逸らすことができない。
「っ……やっぱり」
　やっぱり……?
　やっぱりって、何が……。
　風香の「やっぱり」が工藤くんの行動のことだと考えた私は、風香がはっきりと言葉にするまで、気付けなかった。
「好きになんか……ならんかったらよかった」
　……なんで……。
　ギシリと自分の胸が軋むのと同時に、どうしてそんなこと言わせてしまったんだろうって苦しくなる。
　遮れば、風香は最後まで言わなかった。
　言わせたくなかった、そんなこと。
　再び堰が切れたように泣き出す風香を、美里さんが抱き寄せる。
　呆然とする私に、申し訳なさそうに眉を下げて言った。
「ごめんな、ちょっと２人にしてくれん?　うちが後でちゃ

んと連れていくけん」
　泣きじゃくる風香を包み込む美里さんを見ていると、自分が何もできないんだってわかった。
　今、私にできることは、風香と美里さんを２人にすること。それしかない。
　私がどう思っていたって、何を思っていたって。
　今の状況で私がそばにいるのは逆効果だ。
　今の風香の気持ちを一番にわかるのは多分、美里さんだから。
　授業中に戻ることはできなくて、風香達がいる場所とは逆の校舎裏に１人でいた。
　チャイムが鳴って校内に入る時、今回はちゃんと靴を履き替えて外に出たから、もしかしてと思って確認してみたけど、風香の靴はなし。
　ただの呼吸がため息に変わる。
　意識して我慢してみても、気を抜くとすぐに深く伸びたため息が零れた。
　トボトボと休み時間なのに人気がない廊下を歩いていると、違和感を感じた。
　なんか……上の階が騒がしい？
　階段の上の様子は見えないけれど、何やら叫び声のようなものが聞こえる。
　大きな物音もして、ただ事じゃないことを悟った。
　急いで階段を上がろうとすると。
「あ、戸塚！」

「え……っ!」

　慌てて階段を駆け下りる、坊主頭の男の子とぶつかりそうになる。

　な、永田くん……?

　何がどうなっているのかさっぱりわからなくて、上の階の騒動は何なのか尋ねようとしたのだけど、それよりも先に永田くんが早口でまくし立てた。
「ごめん!　じゃなくて、今うちのクラスで喧嘩があって」
「喧嘩!?　だ、誰が……」

　喧嘩でこんな騒ぎになる?

　おかしいよ。一体誰が……?

　考えかけた脳裏に浮かぶ人物。

　ううん、違うよね……?
「深影と幸久。血出とるし、俺は先生呼びに行くけん!　中には入るなよ!」

　全力疾走で駆けて行った永田くんの背中はすぐに見えなくなる。

　今……深影って言った?

　工藤くんと喧嘩ってまさか……本当に?

　信じられなくて、でも否定はできなくて。

　サーッと背筋が冷めていくのを感じながら、何とか足を進める。

　教室に近付くにつれて、他クラスの人まで廊下に出て騒いでいるのがわかった。

　クラスメイトのほとんどが廊下に出ていて、人混みをか

き分けて何とか隙間を覗き込むと、そこには。
　クラスの大柄な男の子数人に羽交い締めにされる、深影と工藤くんの姿があった。
　気を緩めたら飛び出して行きそうな２人を押し込める数人の男の子達も、額に汗を浮かべながら何かを叫んでる。
　ガヤガヤと廊下の人達の声が騒がしくて、うまく聞き取れない。
　けど、そんなことよりも。
「深影!!　やめろって！」
「うるせぇよ！　どけ！」
　血走った目で、怖いくらいの怒気を孕んだ深影の頬が赤く腫れていることの方が、私の目にとまる。
　唇の端が切れていて、流れた血が痛々しく固まっていた。
　ここからだと、工藤くんの顔まで見えない。
　工藤くんも怪我をしているはずだ。
　どうにか背伸びをして中の様子を窺おうとしたけど、人波に押されて全然見えない。
　耐えきれなくなって教室に飛び込もうとした時。
「静かにしろおお!!」
　鼓膜を揺さぶる、大きな声が廊下中に響きわたった。
　一瞬でシン、と静まり返った生徒の間を、背の高い先生達が走ってくる。
　先頭にいるのは、山本先生。
　多分、さっき叫んだのも山本先生だ。
　周りの生徒を乱暴に押しやってこっちに来る。

他の先生は生徒に向かって何かを言っていた。

多分、教室に戻れとか……そういうことだろう。

少しずつ奥の方の生徒が減って行くにつれて、教室の近くにいた人達も蜘蛛の子を散らしたように離れて行った。

私はその場から動くことができなくて、ただ中の様子を見つめる。

山本先生の怒号に気付いたのか、廊下に目を向けた深影と一瞬視線が交わる。

大きく目を見開いた後、笑った。

どうして。

我慢できなくて中に飛び込もうとしたのも束の間、すぐそこに近付いてきていた山本先生が乱暴にドアを開けた。
「お前ら!! 何してんだ！」

予想通りの怒鳴り声が教室をビリビリと震わす。

深影も工藤くんも、それ以上抵抗することなく、後から入ってきた先生に肩を支えられてフラフラと歩き出した。

山本先生は般若のような顔で、2人をにらみつけている。

深影はもう私を見ることなく、廊下を歩いて行ってしまった。

それに続くはずの工藤くんがなかなか出てこなくて、教室の中を見ると。
「っ……ひっ……！」

左目の周りを腫らした工藤くんがフラリと倒れ込む瞬間を目撃してしまった。

反射的にしゃがみこんで、膝を抱える。

だって……今……目、赤くなってた……。
目の周りが腫れているだけじゃなかった。
薄らと開かれた眼球が真っ赤に充血していたし、頬に血が流れていた。
その瞬間フラッシュバックしたのは、いつかの梶原さんの顔でもなければ、打ち付けられた体の痛みでもない。
右目にひどい熱が集まって、燃えるような鋭い痛みが突き抜けたあの感覚。
感覚をなくしたはずの右目が、何も感じないはずの義眼が、ズクズクと深い熱を孕んで頭痛を生む。
さっき見た工藤くんの顔と、あの日感じた痛みが同時に脳裏を駆け抜けて、私は意識を手放した。

──ズキン、ズキン。
周期的に波が押し寄せるように、頭に響く低音。
意識してしまえば、それがひどい頭痛であるとすぐにわかった。
視界が真っ暗であることに不安を覚えてパチッと目を開けると、いつも通り左目だけが目の前の景色を映した。
白い天井、薄い緑色のレースのカーテン。
私があまり好きじゃない薬品の匂い。
ここ……保健室……？
右肘(ひじ)に力を入れて起き上がろうとしたのだけど、うまくいかなくて起き上がれない。
「いっ……！」

ズキッとまた一段と激しくなった頭痛に、思わずうめき声がもれる。
　すぐにバタバタと足音がしてカーテンが開かれた。
「鏡華！」
「鏡華、よかった……目覚ましたんやね」
　風香……美里さんも。
　いてくれたんだ。
　ギュッと苦しいくらいに抱き締められて、我慢できなくて。思いっきり両腕を広げて２人に抱きついた。
「よしよし。鏡華が泣くの珍しいな」
　頭を撫でてくれる風香がいつも通りで安心する。
　朝のことで怒ってるんじゃないかって思ってた。
　ていうか……私、泣いてる？
　風香のセーラー服に押し当てた顔を少し離すと、本当に涙の跡がついてた。
　途端に恥ずかしくなって、ポツリと小さな声で呟く。
「鼻水ついちゃった、ごめん」
「はあ!?　ちょ、やめて！」
「嘘だよ」
　冗談めかして言うと、何とか笑えたのが自分でもわかる。
　心配かけたくないし、笑わないと。
　そう思ってもう一度笑って見せようとしたのだけど
　あれ……おかしいな。
　口角が震えてうまく押し上げられない。
　もう一度頬に力を入れようとすると、美里さんの手が私

の両頬を包んだ。
「笑わんでいいよ」
　真っ直ぐな瞳は心配そうに揺れていて。
　風香も同じような顔で私を見ていた。
「深影達のことは全部聞いたけん。ショックかもしれんけど、そんなに気にせんで、な？」
　背中をさすりながら優しく言ってくれるけど、違う。
　違うんだよ。
　2人が喧嘩をしたことがショックなんじゃない。
　なんで？　って思った。
　いつもと全然違う2人を怖いって感じたし、すぐに間に入ろうとは思えなかった。
　でも、でもね。
　それ以上に頭の中に貼り付いて離れないの。
　工藤くんの、血と目が。
　思い起こそうとすると、それを邪魔するように頭痛が思考を遮る。
　それでも完全には消えてくれなくて、瞬きをした一瞬にさえちらつく工藤くんの姿にまた涙が溢れた。
　思い出さないようにしてた。
　右眼のなくなった小さな空洞の喪失感だけを抱いて。
　もとの右眼をなくした時のあの痛みだけは思い出さないようにしてた。
　それが工藤くんの怪我を見たことで触発されて無意識のうちに溢れ出たんだと思う。

痛いというよりも、熱かったあの感覚を鮮明に思い出す。

怖くなって、2人の手を握り締める。

深影に話をしたことで乗り越えられた気になっていただけで。

本当はずっと怖かった。

怖かったな、って深影は言ってくれたから、それで終わりにしなきゃいけないと思ってた。

「あたし、鏡華のことなんも知らんかったんやなぁ……」
「え……？」
「右目、濡れてない」

風香が自分の右目を指差す。

隠していたわけじゃないけれど、話してもいなかったから……。

深影にも泣いたことが理由でバレちゃったし、人前で泣くのってやだな。

でも……風香ならいいか。

あ、もちろん美里さんもね。

今は6時間目が始まったばかりで、養護教諭の先生は深影と工藤くんの病院に付き添っていないらしい。

ちゃっかり1日サボっちゃってる風香と美里さんを怒る気にはなれなかった。

だって、眠ったままの私のそばにずっといてくれてたなんて言うから。

ベッドの上で3人並んで座って、ポツポツと話をした。

転校してきた理由と、佐山さんと高橋さんのことを少し。

何も前の学校自体がトラウマになっているわけじゃないから。
　話が終わると２人そろって私の右眼を覗き込んできたりするから、なんだか面白くて笑ってしまった。
　今まで黙っていたことを話したことで少しスッキリした気分になる。
　それもすぐに沈んでしまうのだけど。
　そう、残ったのは深影と工藤くんのこと。
　一番気になるのは工藤くんの目の怪我だけど、他にも、今後の処分がどうなるのかとか。
　物を壊したとかそういうわけじゃないけど、殴り合いの喧嘩だったし……。退学とまではいかなくても、謹慎になるんじゃないかな……。
「さっき山本に聞いたんやけど、幸久の怪我そんなにひどくないって」
「そうなの？」
　ひどくないと言われても、この目で見てしまった以上、安心はできない。
　というか……山本先生と美里さんの関係が気になって仕方ない。
　よし、聞いてみよう。
「美里さんと山本先生って、仲いいの？」
「ん？　ああ、叔父さんなんよ」
　え、ええっ!?
　叔父さん？　山本先生が？

似てない……のは当たり前かもしれないけど、意外な関係だ。
だからそんなに打ち解けてるんだね……。
「厳しいけど筋は通っとる人やけん、あんまり心配せんでいいよ」
筋が通ってるからって寛大な処分になるわけじゃない。
ただ、それ相応の処分は避けられなくても、理不尽にひどいものにはならないことがわかって、一安心した。
「んじゃ、うち行くな。後は2人でゆっくりどーぞ」
「ちょ、美里！」
ベッドから飛び降りてカーテンをくぐり抜けた美里さんを風香が呼び止めるけど、すぐにドアが開閉する音が聞こえた。
本当に出ていっちゃった……。
授業中なのにどうするんだろう。
風香をチラッと見ると、さっきとは打って変わってカチコチに緊張してるようで。
美里さんと何を話したのかはわからないけど、私の前だからってことは明らか。
「あの……風香？」
2人になった途端にこれはキツいよ。
恐る恐る声をかけると、がしっと肩をつかまれた。
「風香？」
「ごめんな。鏡華のことはもちろん好きなんよ……？　好きなんやけど……どうしても、幸久に想われてる鏡華が羨

ましくて仕方なくて……」
　今になって初めて風香の本音が聞けた。
　前に言われた、嫌うわけがないって言葉も素直に嬉しかったけど、今の言葉の方がずっと嬉しい。
　工藤くんを抜きにして考えるのは、今の私と風香には到底無理で。
　その上で好きって言ってくれた。
「ありがと、風香」
「お礼言われるようなこと言ってないやん……最低やんかあたし」
　そんなことないよ。
　好きな人の好きな人を自分も好きになるなんて、きっとそうそう上手くいかない。
　風香の、羨ましいって気持ちを知れたこともももちろん嬉しい……のだけど。
　それを"嬉しい"と形容するのは……正しいのかな。
　私は工藤くんに恋愛感情を持っているわけじゃないから、付き合うとか、そういう関係にはならない。
　だからってすぐに工藤くんが私への想いを諦めるかって言われたら、そうじゃないんだと思う。
　人の気持ちとか、本人じゃないとわからないことって沢山ある。
　実際は人によっていい加減だったり、中途半端な想いの人だっているのだろうけど。
　それでも、自分のことを好いてくれた人のことは信じて

みたい。
　例え、その気持ちに応えることができないとしても。
「でもまあ……」
「うん？」
「あたしがこんなに好きなのに眼中にもないっていうのはちょっと幸久でも許せんなぁ……」
「えっと……風香？」
「絶対振り向かせるけん、見とってな、鏡華」
　いつからこんな強気になったんだろう。
　なんか……こう、吹っ切れたみたいな。
　あ、もちろんいい方にね。
「美里が深影のこと諦めんって言いよんの見たら、あたしもウジウジしとれんなって思ってさ」
「えー……美里さんは強敵だな……」
　美里さんは超行動派って感じだから、2人がいい影響を与えあっていたら私が怖気づいてしまう。
「あははっ！」
　笑い事じゃないよ！　もう……。
　ひとしきり笑ったあと、風香がふと真面目な顔をする。
「ま、問題は深影と幸久やな。謹慎やろうし、あたしは幸久んとこ行くけん、鏡華も深影んとこ行くんやで？」
　それなんだよね。
　やっぱり謹慎は免れないか……。
　家が隣だし行けないことはない、というか深影の様子を見に行くつもりはもともとあった。

けど……。
「ちょっと、怖いの」
「ん？　なんが？」
「工藤くんの怪我がどのくらいのものなのかわからないし、その……見ちゃったから……」
　あの傷を負わせたのは深影だ。
　それは変わらないし、深影も怪我をしているとはいえ、私にとっては工藤くんの怪我の方が頭に残ってる。
「深影に会ったら……もしかしたら拒絶しちゃうかもしれない」
　そんなことは絶対にしたくないけど。
　条件反射でそうなってしまったら、自分じゃどうしようもない。
　私の中で落ち着くまでは深影に会いたくないって思うのは、変なのかな。
　会いたい気持ちと会いたくない気持ちが混ざりあって、ひどい矛盾を生む。
「そうやなぁ……」
　神妙な面持ちで聞いてくれる風香が私のことを考えてくれているのがわかる。
「無理はせんで、会いたくなったら会いに行ってみ？」
「いいのかな、それで」
「鏡華は人の気持ちばっかり考えすぎなんよ。たまには自分優先にせんと疲れるやろ？」
　私は風香の方が人一倍誰かのことを考えていると思う。

どうでもいい人の為にすることは正直疲れるから、自分から行動しようとは思わない。

ここに来る前の自分がそうだった。

自分だけがまわりと違ってどこか冷めた空気をまとって、色んなものに遮断（しゃだん）されたつもりでいた頃の私。

変わるきっかけになったのは、佐山さんなのかな。

もしかしたらあのまま前の学校にいたとしても、佐山さんや高橋さんとなら楽しいと思える学校生活を送れたのかもしれない。

それでも、私にはどうしても、この場所で深影と風香、それから工藤くん、あと美里さんといられることが奇跡みたいに思えて。

どうしようもなく嬉しい。

人の為に何かをしたいと思えたのは初めてだから、いつも正しい道を選べるわけではないけど。

自分優先って考えを持ってもいいのかな。

その日、私は迷った結果、深影に会いに行くことにした。

モヤモヤしたまま明日から深影のいない学校に行くことになるよりも、今日会いたいって気持ちの方が勝ったから。

お母さんは相変わらず帰りが遅くて、さっき今日も遅くなるってメールがあった。

夜遅くに帰ってきて朝は私と同じ時間帯に起きるから体調が心配なのだけど、見る限りは平気そうだ。

というか、むしろ調子がよさそうに見える。

ガランと寂しい空気の漂う自分の家に荷物を置いて、深

影の家の玄関を叩く。
　……反応はなし。
　いないのかな……？
　って、いなかったらダメじゃんか。
　おじいちゃんは出かけていてもおかしくないとして、深影は謹慎になったんでしょ？
　家にいないのはマズいんじゃ……。
　気になって深影の部屋の窓も叩いてみたけど、反応なし。
　他に深影がいそうな所……。
「……もしかして」
　思いつく場所は１つだけ。

　長いニシロ階段を上る。
　日課のつもりだったのに、最近は全然来ていなかった。
　雨が多くて外に出ることも少なかったし、暑くなってきたから長い階段はキツくて。
　なんて言ってたら、深影に体力なさすぎって笑われちゃうかな。
　息を切らせて頂上に到着。
　芝生に残った雨の雫が、キラキラ輝いてる。
　綺麗……。
　光を浴びて反射する雫は、風に揺れる度に芝生の根元へと滴り落ちていく。
　そんな些細なことに気を取られていると、どこからか話し声が聞こえてきた。

深影……？

明らかに1人の声じゃない。

キョロキョロと辺りを見渡すと、高台のずっと奥、小さな小屋の外に人影が見えた。

立ったまま話をする2人の姿。

1人は立ち姿からして深影……もう1人はえっと……確か、マツじい……だっけ？

風香が初めて教えてくれた時以来見ることがなかったから、忘れかけてた。

学校での騒動なんてすっかり忘れきったように、マツじいと笑い合う深影の元に歩いていく。

ゆっくりと近付く私に気付いた深影が視線をこっちに向けて目を見開いた。

頬には大きめのガーゼが貼られていて、あの痛々しい傷は覆われていた。

「深影」

固まる深影の傍に立って、見上げる。

私がここに来るとは思わなかったのかな。

それとも、自分がここにいることがバレないと思った？

目の前に来ても何の反応も示してくれないから、顔の前で手を振る。

するとハッと我に返ったように深影が目を瞬いた。

「鏡華……？」

「うん」

「なんで……」

ビックリさせちゃったかな、でもそんなに意外だった？
「何だ、みかお前いつの間に嫁ができたんだ」
「はあ!?　違うわ！　まだ嫁にはもらってねぇよ」
　　　黙っていたマツじいがニヤニヤしながら深影をつつく。
　　　まだ……まだ!?
　　　えっ……まだってことはさ、その……いつかは……って、そういうこと？
「まだ、な。そーかそーか。まだか」
「揚げ足とんなよ……ほんっとエロジジイが……」
「利子つけるぞ」
「すんません」
　　　そういえば深影はマツじいに色々ツケがあるんだっけ？
　　　深影が言い負かされるなんて珍しい。
「早う帰れよ。お前謹慎になったんだって？　馬鹿やらかしたな」
「うるせぇ」
　　　あれ……？
　　　なんでマツじいが深影の謹慎のこと知ってるんだろう。
　　　深影が言ったのかな。
　　　それにしても。
「どうせ喧嘩すんなら顔歪ませて帰ってこいヘタレが」
「んなことしたら謹慎やなくて退学になるやろ」
　　　この２人の会話ものすごくない？
　　　マツじいがやけに挑発的だし、深影もらしくなくそれに乗っちゃってる。

まともにやり取りするのを見るのは初めてなんだけど……こんなものなのかな。
「ほら、もう行こう鏡華」
「あっ、深影？」
　グイ、と手を引かれてそのまま芝生を真っ直ぐに進む。
　正確には、元来た道を引き返している。
　チラッと後ろを振り向くと、マツじいが小屋の中に入っていく背中が見えた。
「ねえ、なんでマツじいが謹慎のこと知ってたの？」
「ああ……あの人じいちゃんの兄貴だからさ、じいちゃんが勝手に言ったんだろ」
「え!?」
　おじいちゃんのお兄さん？
　全然似てないから気付かなかった……。
　ていうか、何か……世界って広いけど狭いね。
　美里さんと山本先生といい、深影のおじいちゃんとマツじいといい……。
　そこまで広くない町だからかな？
　どこかしらで繋がってる。
　腕を引かれるままに、行きは1人だったニシロ階段を2人で下りていく。
　謹慎期間は1週間で、反省文と山のような課題が出されたんだとか。
　こっそり喧嘩の理由も聞いたのだけど、答えてくれなかった。

「入り。じいちゃん帰ってくんの遅いからさ、鏡華のお母さんもだろ?」
「うん……お邪魔します」
　やっぱり……緊張する。
　なるべく意識しないようにしながら深影の家に上がり込むけれど、強ばる体は誤魔化せない。
「部屋行ってて。俺ちょっと電話してくるから」
　言い残して深影が出ていったあと、玄関が開閉する音がした。
　なんで電話するのにわざわざ外に出るんだろう。
　聞かれたら困る内容なのかな?
　疑問に思いながらも深影の部屋のベッドに腰掛ける。
　机の上には脱ぎ捨てられた制服のシャツと、山積みの課題。プリントだけかと思っていたのに、分厚い問題集みたいなのまである。
　これを1週間でって、寝る間もないんじゃないかな。
　パラパラとめくって内容を見てみると、ちょうど今習っているところに加えて、応用問題がぎっしり。
　ていうかこれ……ハイレベル問題集……。
　学年でも成績トップの方にいる工藤くんならまだしも、深影にこれはキツいんじゃないかな、なんて失礼なことを思ってしまう。
　私でもこれはちょっと……わかんないもん。
　他のプリントは両面だし、反省文は5枚。
　大丈夫かな、深影。

見れば見るほど心配になるから、そっと課題を積みなおして深影を待つことにした。
　5分ほどして戻ってきた深影は心なしかホッとしたような顔つきだ。
「どうしたの？」
「いや、幸久に電話してきた。怪我のこと聞きたくて」
　ああ、それで外まで行ったんだ。
　もしかして私に気をつかってくれたのかな。
「工藤くん、どうだったって？」
　深影の顔を見る限り、大事ではないと思うけど、一応ね。
「目の上と下が切れとっただけで眼は大丈夫ってさ。頬の腫れは俺と同じようなもんやろ」
　そうだったんだ……よかった。
　充血してたし腫れてたし血は出てたしで、勝手な想像が先走っちゃったかな。
　でも……切れてたってことは深影がそういうことをしたってことで……。
　状況からして目元を殴ったとか、だよね。
　そう考えるとやっぱり怖い。
　一歩間違えたら眼に異状を来す場合だってある。
　眼に直接害がなくても目のまわりに衝撃があると危険だって、大岩先生が言ってた。
　骨が折れたりしたらそれこそ一大事なんだから。
　怒りたいわけじゃないけど、やっぱり大事なことだから。
　深影を見つめると、バツが悪そうに目を伏せられた。

「ごめん。頭に血上って周りとか全然見えとらんかった」
「うん」
「鏡華のことも……気付いとらんくて、ごめん」
　ごめんって言葉が欲しいんじゃないよ。
　わざと目元を狙ったわけじゃないこともわかってる。
　そもそも殴るってこと自体がいいことではないのだけど、そこに２人の事情があるのなら口出しはできない。
　それに、もう終わったことだ。
　嫌でも反省する機会を与えられたんだしね。
「わかっとったつもりなのに、幸久が目んとこ腫らしても何とも思わんかった」
「うん……」
「大事にならなかったからいいとか、そんなんやなくて、あれは俺が悪かった。幸久には謝ったけど、鏡華にも謝らんといけん」
　……私にも……？
　立ったままの私の前で、深影が深く腰を曲げる。
　頭を深く下げた深影が低い声で言った。
「ごめん」
「み、深影、顔上げて……」
　謝られる意味がわからなくて、慌てて顔を上げさせる。
　低い位置から交わった深影の目がビックリするくらいに真剣で、金縛りにあったみたいに動けなくなる。
　スッと伸びてきた深影の手が私の右目の近くに触れた。
　ピクリと瞼が震えたのが自分でもわかる。

深影の両眼を左眼で見つめ返しながら、ジッとされるがままになる。
　目元をなぞられる度にピクピクと痙攣(けいれん)するのももう、気にならなかった。
「怖がるんやないかって思った」
「え……？」
「怖がって、来てくれんかと思った」
　一瞬なんのことか理解できなかった。
　優しい響きが耳の奥に木霊(こだま)して、さっきまで学校で風香と話していたことを思い出す。
「わかっ……てたの？」
　知らなかった。
　私だってついさっきまで、解決した気でいた、乗り切れている気でいた。
　だから深影もきっと私の過去を過去として終わらせているんだと思ってた。
　でも……。
「わかるよ。鏡華のことやったら何でも」
「っ……ずるいよ」
　なんで、こんなにも胸が苦しいんだろう。
　深影の言葉１つじゃなくて、まとう空気とか人柄とか。
　その全てに惹かれる。
　あたたかくて優しい想いが胸の中に広がる。
　ぬくもりも優しさも、全部深影に与えられてる。
　わかってもらいたいなんて思ってなかった。

言わなくてもわかるとか、そんなわけないって。
　全部全部言葉にしないと不安が拭えないから、私はいつだって明確な何かがほしかった。
　自分がそうなんだから人もそうなんだって、それも間違いじゃなくて。
　言葉にしないと伝わらないことは確かにある。
　それでも、声にするには頼りなくて、ちっぽけな不安を溜め込むうちに耐えきれなくなった。
　深影はそんな私の気持ちに気付いてくれた。
　嬉しい、けど悔しい。
　私は深影のことが何もわからないのに、深影は私のことを簡単そうに見抜くから。
　私が深影に対して唯一誇れるものは、彼への気持ちだけなのかもしれない。
　だったらそれを言葉にしよう。
　私にはそれしかないのだから。
「好き」
　本当に、なんて陳腐(ちんぷ)な言葉だろう。
　ただそれだけしか口にできない私にとって、その言葉を連呼するほどに想いは募るのに、同時に伝わる想いは薄れていくような錯覚(さっかく)。
「もう１回言って」
「好き」
「もっと」
「……大好き」

どんなに想いを振り絞っても、まだ私には好き以上がわからない。

きっと深影も同じだから。

「俺も」

そう言って笑ってくれるんだろう。

怖くないよ。

大丈夫。

深影も不安なんだってわかったから、広い胸を包み込むつもりで抱きついた。

結局、抱き込まれるのは私なのだけど。

「幸久んとこには行くなよ」

「心配？」

「当たり前」

心配してくれているのに笑ってしまう私は、ちょっと意地悪なのかな。

「離れたりしないから大丈夫」

ほんの少しだけ、嘘だ。

離れないんじゃなくて、離れられないの。

背の高い深影に届くように精一杯背伸びをして、そっと唇を重ねた。

大きな幸せと小さな不安

　深影と工藤くんが学校で騒動を起こした日から１週間。
　１週間の謹慎って、短い方なのだと思う。
　何が考慮されたのかはわからないけど、そういう処分を牛耳っているのは生徒指導部らしいから、山本先生辺りの気遣い……はないかな？
　とにかく、思っていたより軽い処分だったことに驚いた。
　山のような課題を何とかこなした深影は、灰のようになっているけど。
「ちゃんと課題持ってきてる？」
「当たり前やろ……これで忘れてたら取りに戻るわ」
　げっそりと目の下に深いクマを作った深影は、今日の朝方まで課題に追われていたそうで。
　フラフラと足取りがおぼつかないから、腕を持って支えながら歩いている。
「お疲れ様」
「おー……すっげー疲れた。山本に文句言いたいけど、さすがに無理やな」
　うん、それは無理だろうね。
　というかやめた方がいいね。
　苦笑しながら思い出すのはこの１週間のこと。
　風香も毎日学校帰りに工藤くんの家に行ってたんだって。謹慎中の生徒の家に行くのって本当はダメだから、バ

レないように。
　こっそり深影と工藤くんの様子を教え合ったりしたところ、1つ疑問が残った。
「それでさ、なんであんなことになったの?」
「ん?」
「喧嘩した理由! そろそろ教えてよ!」
　状況を知らない私と風香ならまだしも、その場にいた同じクラスの人たちにも理由がわからないなんておかしい。
　本当に突然、前触れもなく深影が殴りかかったとか。
　前に深影の頬が腫れていた時、手の早い工藤くんをものすごく警戒したものだけど、男の子ってそういうものなのかな。
　うーん……多分、違うと思う。
　ともかく、そうなった理由を私は深影に、風香は工藤くんに何度も尋ねているのだけど、一向に答えてくれない。
　はぐらかされるんだ、いつも。
『頭に血が上っただけ』とか。
　工藤くんにいたっては『深影が殴ってきたから応戦しただけ』なんて言っていたらしい。
　工藤くんの言うことが本当なのかは置いておいて、深影の言うことは信用できなかった。
　信用というか……納得ができないのかな。
　普段熱くなってもすぐに冷静な判断をする深影に限って、頭に血が上ったっていうのはおかしい気がして。
　風香と美里さんも交えて考えを巡らせたけど、やっぱり

本人のいうことが本当だから。
　それなのに……。
「だから、鏡華には関係ないって」
「関係なくないよ……って、あれ？」
　今、深影が今までと違うことを言った。
　関係ないってことは……！
「やっぱり他に理由あるんじゃん！」
　途端にヤバッて顔をする深影が、私の腕からするりと抜け出して駆け出す。
　教えてくれたっていいのに！
　寝不足でフラフラしていた姿はどこに行ったのか、そんな元気があるならもう大丈夫だね。
　呆れながら、少しだけ安心した。
　学校についたら、深影はすぐ職員室に行った。
　先に課題の提出をしてくるんだって。
　のんびりと靴を履き替えながら風香の靴箱を覗く。
　深影がのろのろ歩くせいでだいぶ遅くなったのだけど、風香はまだ来てないみたい。
　工藤くんを迎えに行くって言ってたし、当然か。
「戸塚、おはよ」
「永田くん。おはよう」
　後から来た永田くんが靴を脱ぎながら私をジッと見る。
　かと思えば首を傾げて不思議そうな顔をした。
「深影は？　一緒やないん？」
「えっ……!?　あ……えっと、職員室に行ったよ。課題出

してくるって」
　な、なんで一緒に来てるって知ってるの？
　動揺が思いっきり出てしまって、パッと顔を伏せる。
　すぐに永田くんの笑い声が響いた。
「いや、戸塚のことやから深影の謹慎中家に行っとったんやろうなーって。したら多分朝も一緒やと思って」
　鋭いね……永田くん。
「つか、深影もすっげーこと言うよな」
「へ……？」
　何が？
　深影がすっげーことって……。
「いい恋人同士なんじゃないの？　深影と戸塚」
　笑いながら去っていく永田くんの背中を呆然と見送る。
　えーっと……意味わかんないんだけど。
　でもとりあえず……最後の言葉は嬉しかった。
　意味深なこと言ってたけどさ……皆何も知らないんじゃなかったの？
　それとも永田くんだけが何か知ってるとか？
「鏡華、待っとったん？」
「深影……」
　来るまではパンパンだったカバンをぺたんこにさせた深影が、私を見つけると駆け寄ってくる。
　無意識に待ってた……とか言えない。
　深影を見上げてジッと見つめる。
　絶対に何か隠してる。

「ねえ、"すっげーこと"ってなに？」
「は？」
「永田くんが言ってた」
　ごめんね永田くん。
　でも気になることをそのままにしておけない。
「あいつ……」
「ねえ、深影ってば」
「うるさい」
「んぐっ」
　ムニッと片手で両頬をつまんで圧迫される。
　知ってるんだからね。
　深影は自分に都合が悪くなると絶対に「うるさい」って言うこと。あとちょっと手が出ることも。
　負けないように両手でガッシリと深影の手をつかむ。
　ムッとした顔でやり返してくる深影と廊下のド真ん中でつかみ合っていると、呆れた声が聞こえてきた。
「あんたら……何しとんの」
　見たことがないくらいにドン引きしたような顔の風香。
　と、頬に青あざを残して、左目に眼帯をした工藤くん。
　眼帯を見た瞬間、足が震えた。
　しっかりと足に力を入れて耐えたけど、油断すると全身が震えてしまいそうだ。
　目を逸らすよりも前に、大きな背中が私の視界を覆った。
「おはよう、風香……幸久も」
「うん、おはよう深影」

え……今、おはようって言った？
　私の前に立った深影が今、確かにおはようって言ったよね？　風香と……工藤くんに。
　工藤くんも普通に返事してるし。
　ビックリしてひょこっと深影の横から顔を覗かせると、風香もピシッて音がしそうなくらいに固まってる。
　だって……なんでこんなに普通なの？
　謹慎後だから、一触即発……とまではいかないけど、ピリピリした空気は覚悟してたのに。
　想像を見事に裏切る、清々しいほど爽やかなやり取りに面食らってしまう。
　風香と顔を見合わせてもお互いどうなっているのかわからなくて、結局深影を見上げた。
「どしたん。すっごい顔して」
「なっ……！」
　失礼な！
　じゃなくて、これっていったいどういうことなの。
　永田くんの発言といい２人の雰囲気といい、ツッコミ所がありすぎてどこから口を出せばいいのかわからない。
　慌てて風香が私の耳元に口を寄せる。
「ど、どうなっとんのこれ！」
「知らないよ！　え……喧嘩してたんだよね？」
　小声でボソボソと言い合っている間にも、深影と工藤くんは普通に話してる。深影は笑顔だし、工藤くんはいつも通りポーカーフェイス。

どうなってるの、は私のセリフだよ。
　もしかしてだけど、たまに深影が課題を放って電話してたのって全部工藤くんだったのかな。
　そうなると辻褄が合う気がするけど、でも……。
　深影は謹慎になったその日に電話してたんだよ？
　怪我の様子を聞いたって言ってたけど、本当にそれだけなんだろうか。
　なんか……隠されてるような、誤魔化されているような。
　もんもんとしながらも、鳴り響いた予鈴に邪魔されて問いただすことはできなかった。

　夕方。
　防波堤に腰掛けた私は、視線を明後日の方向に向けて足をプラプラと揺らしていた。
　き、気まずい……。さっきからお互いに無言を貫いているせいで気まずすぎる。
　かれこれ10分はこんな感じだ。
「あの……さ」
「は、はい!?」
　うわ……声裏返った。
　反射的に口を押さえた私を見てフッと笑ったのは、
　風に煽られる黒髪を片手で押さえ込む工藤くんだ。
「なに？　工藤くん」
「来てくれると思わなかった」
「だって……来なかったら工藤くんずっとここにいるで

しょ?」
「うん」
　冗談のつもりで言ったのに、当然みたいに返事をされて戸惑ってしまう。
　深影の言ってた通りだ。
　『幸久はねちっこいから、待つって言ったらいつまでも待つぞ』って。
　帰りのHRが終わってすぐ、携帯を開いたらメールが届いてた。
　そこには、工藤くんからの短い文章。
　そして気づいた時には、教室に工藤くんの姿がなかった。
　「海で待ってる」の1文だけだったから行くか行かないか迷って、深影に相談したんだよね。
　そしたらあの返事をもらったから、行くしかなくなって来たわけだけど……。
　なかなか話し出さないし、そろそろ気まずさがピークに達しかけていた時、ようやく工藤くんが話し出してくれた。
「深影の顔のこと、ごめん。あと課題も。あいつ馬鹿だから相当時間かかったろ?」
「それ言うなら工藤くんの顔もでしょ?　課題はお互い様じゃん」
　深影は顔に傷がついたからって怒ったりしないし、工藤くんにも似たような傷がいくつもついてる。
　万一傷痕が残るようなことになれば、いずれ店先に立つことになるかもしれない工藤くんの方が心配だよ。

サラッと馬鹿とか言っちゃうあたり、やっぱり険悪なムードは感じられない。
「なんであんなことになったの？」
　深影に聞いても何も答えてくれないから、工藤くんに教えてもらおう。
　そう思ったのに、工藤くんは目をまん丸にした後、また笑い出した。
　今日の工藤くんはよく笑うな。
「教えない。深影に聞きなよ」
「教えてくれないんだってば」
　工藤くんが最後の頼りだったのに……。
　気になって仕方ない私や風香の気持ちも考えてほしい。
　小さな笑い声が段々と消えていって、再び私と工藤くんの間に沈黙が落ちる。
　気まずい……けど工藤くんが私の右側にいるおかげで表情までは見ないで済む。
　そんなことにホッとしてしまう自分に内心苦笑した。
　逃げてるのは私の方だね。
　こんな所に呼び出して、工藤くんが言おうとしていることが予想できないわけがない。
　タイミングを見計らったように、工藤くんが口を開いた。
「鏡華」
「うん」
「好き」
　たったの、2文字。

それだけで工藤くんの想いが痛いくらいに伝わってくる。工藤くんの方がずっと苦しいってわかってるのに、言葉にされてしまえば涙が勝手に流れ落ちた。
「……っ……ん、ありがと……うっ……」
　ごめん、よりも早く伝えたかった。
　ありがとうって言うのは卑怯なんじゃないかなって思ってたの。
　期待させるよりも、早く壊した方が相手にとってはずっといいんじゃないかって。
　でも、私そんなに偉くないよね。
　誰かの想いを一言で終わらせてしまえるほど、できた人間じゃない。
　深影とのことで、嫌ってくらいに気づかされた。
　自分が不器用なんだって気づいたからこそ、伝えないといけないのはいつだって素直な心だけ。
　色んな感情や理性で塗りつぶした気持ちよりも綺麗で誇れる、本当の気持ち。
　目を見て伝えることができないのは私の弱さ。
「私が……好きなのは、深影なの」
　工藤くんには恋愛感情どころか、苦手意識まで持ってしまっていた。
　でもね……優しいところがあることも、周りをよく見てることも知ってるよ。
　初めて春霞屋に行った時に繋いだ手の力強さとか。
　普段は冷静だけどつい熱くなりすぎる深影に、呆れなが

らも、必ず味方してあげるところとか。
　可愛いなってところも沢山ある。
　深影を殴ったと知った時は怖かったけど、振り返ればあれは深影を後押ししてくれたんじゃないかなって思うし。
　私が工藤くんに抱く感情は、友人としてのものでしかないけど。
　風香が好きな工藤くんは、とっても素敵な人だと思うよ。
「だから……ごめんね」
　言いたいことを言い切って、どこか清々しい気持ちで工藤くんの方を向く。
　どこまでも続く空と海だけを映していた左眼に、工藤くんを映す。
　瞳に吸い込まれていく。
　初めて見る、柔らかく笑う工藤くん。
　一瞬、その瞳が切なげに細められて。
「うん」
　って、言ったんだ。
　必要以上の言葉を工藤くんは発しない。
　それが工藤くんらしくて、今もそうであってくれることが嬉しかった。
　「うん」って一言の中に込められたものがとても大きいことを知ってる。
　それから、工藤くんと沢山の話をした。
　勝手に作り上げていた私の中の工藤くん像を半壊してしまうくらいには印象が違った。

実は勉強よりもスポーツが得意だとか。
　くせっ毛なのを気にしてるとか。
　和菓子を作るのがすごく好きなこととか。
　お父さんに認めてもらうために修行してることとか。
　あと……深影のことをどう思っているかとか。
　これは深影には内緒にしておこう。
　あ、あと、すごく気になることがあるんだ。
「風香のことはどう思う？」
「風香……風香は……」
　うーん、と考え込む工藤くん。
　質問をするとちょっと考え込んでしまう工藤くん。
　意味をちゃんと捉えて答えようとしてくれるんだってことがわかるから、いくらでも待てる。
「明るくて活発で……うるさい女って苦手なんだけど、風香はちょっと違くて、こっちまで明るくなる感じ……？　見てて飽きないし、楽しい子」
「そっか。風香可愛いよね！」
「……うん、まあ……」
　小さくぼそりと呟かれた言葉に心の中でガッツポーズ。
　大丈夫だよ、風香。
　私が言っても不安そうだったけど、工藤くんはウザいとかそんなこと思ってないよ。
　これは……伝えちゃっていいのかなぁ……。
　応援したいし、伝えたらきっと喜ぶんだろうけど、教えたくない気持ちもある。

意地悪したいわけじゃなくて、風香には工藤くんから直接、感じてほしい。
　……あれ？　そういえば、忘れかけてたけど……。
「風香に電話したのって工藤くんだよね？」
「え？」
　ほら、金曜日の夜に電話がかかってきたって風香が言ってた。
　私に告白したその日に風香に報告って……なんかおかしくない？
「ああ……電話したな」
　え……忘れてたの？
　いかにも今思い出したみたいな言い方されると、こっちがビックリしちゃうよ。
　て、いうかさ……軽率に風香の話を振ってしまってから、あることを思い出した。
　確か……工藤くん電話で風香に『風香の気持ちには応えられない』的なことを言ったんだよね……？
　風香も、バレてたんだって言ってたし……。
　つまり、風香が工藤くんを好きなのを知ってるってことで。その上で電話したんだもんね……当たり前だ。
　疑問に思ったままに口にしちゃったけど、これって勘ぐってることバレちゃうんじゃ……。
「風香が僕のこと……その……好きって……多分だけど気付いてたから、ちゃんと言わないとなって思って」
　ところどころ言葉を区切りながら、正直な気持ちを教え

てくれる工藤くん。
　中学の頃からそんな気はしていたと聞いて、驚きが止まらなかった。
　察しがいいのか、風香がわかり易いのか。
　多分、どっちもなんだと思う。
「泣かせたのは……悪いと思ってる」
　泣かせた……？
　電話口で風香が泣いたってことかな。
「風香さ、先週毎日来てたんだけど、すっごい押しが強いっていうか……何かあったの？」
「え……うーん、秘密」
　それは美里さんの影響だと思うんだけど……。
　私が言うことじゃないよね。
「へー知ってるんだ。女子は団結力あるね。最近風香がよく一緒にいる奴もそうだろ？」
「美里さん？」
「あぁ、そいつ。何か同じクラスになったことあるようなないような……どっちだっけ」
　本当に覚えてないみたいだけど、同じクラスになったことはあるよ、きっと。
　だってずっと２クラス編成だったらしいし、被らない方がおかしい。
「怖いな。女子って」
「何言ってるの。男子が拳で語り合うのと一緒でしょ」
「古いよ、それ」

ありゃ……真面目なツッコミがきちゃったか。
　実際殴り合いにまでなったんだから、工藤くんに古いって言われたくない。
　まあ……女子が怖いっていうのはわかるけど。
　でも恐怖を感じるとかそういうのじゃなくて、行動力や決断力がすごいなって。
　私だって美里さんに圧倒(あっとう)されてるし。
　負けじと張り合っている私も、男の子にとっては怖いって対象なのかな。
　深影にとっても。それは、ちょっと嫌だなぁ……。
「今度また店においで。母さんも待ってるから」
　突然立ち上がった工藤くんが、私を見下ろして言う。
　逆光が眩しくて顔がよく見えないけど、白い眼帯だけはくっきりと浮き出ている。
「じゃあ、また明日」
　軽く手を振って足早に去っていく工藤くんの背中が見えなくなるまで、私はその場から動けなかった。
　なんだか無性に、深影に会いたい衝動に駆られてる。
　本当に、忙しい感情だ。
　自分が自分に振り回される感覚が幸せだなんて、おかしいのかな。
　色んなことが幸せすぎて、もう何がどう幸せなのかがはっきりわからない。
　頭の中がぐるぐるして、それでも愛しさが募って、幸せだと実感する。

そうするとわけもなく泣きたくなって。
幸せすぎて、手放したくなくて。
深影に会いたい。
　蒸し暑い空気もジリジリと背中に照りつける夕日も気にならなかった。
　汗でべったりと張り付く制服に不快感はあっても、足を止めたいとは思わなかった。

「深影！」
「うっわ……どうしたん、鏡華」
　飛び起きる深影を見下ろして自然と顔がほころぶ。
　開け放たれた窓からヒョイッと顔を覗かせると、思った通りベッドに寝転がっていた深影が目を丸くした。
「入っていい？」
「いいけど……ってお前馬鹿、玄関から来い。スカートん中見えるぞ」
「深影があっち向いてくれたらいいじゃん」
　もう靴脱いじゃったし。
　ちょっと窓枠が高いけど、深影のベッドがすぐそこだから大丈夫。
　落ちたって深影が受け止めてくれるもんね。
　ブツブツ言いながらもちゃんと顔を背けてくれた。
　腕に力を込めて窓枠に乗り上げる。
「あ……わっ！」
　お、落ちる……！

「っ……馬鹿！」
　慌てたせいで足先を窓枠に引っ掛けた。
　とっさに伸びてきた腕がぎゅうっと受け止めてくれて、思わずそのまま抱きつく。
　あったかい。
　深影の胸の鼓動1つで幸せだと感じてしまうなんて言ったら、呆れられてしまうかな？
　色んなことに対してホッと息をつくと、コツッとおでこを小突かれた。
「……深影？」
「危ないことはすんなよ」
　危ないこと……？
　別に今のは怪我をするようなことじゃないよ？
　深影ってこんなに過保護だったっけ。
　頬に感じる心臓の音を名残惜しく感じながら、そっと深影を見上げる。
　心なしか眉尻を下げて目を細める深影に、ドキッとした。
　可愛い、なんて思うのは不謹慎かな。
　この顔は深影が心配してる時の表情。
　些細な違いにも最近になって気づくようになったから、わかる。
　心配と……あと……。
「不安……？」
　何が、とは言わない。
「当たり前やろ」

不安そうで、でもちょっと不機嫌そうな顔を見ればわかってしまう。

　あんなこと言っておいて、深影が何も気にしないはずなかったね。

　工藤くんの所に行くなっていうのが、深影の本心。

　だからこそ今日、ちゃんと向き合っておいでって背中を押してくれた深影は、不安だったんだ。

「ね、深影」

「なんだよ」

「私は深影がいいよ」

　深影じゃないと嫌だ。

　恋をするのも、好きって言葉を伝えるのも、抱きしめ合うのも、キスをするのも。

　全部深影がいい。

「あのね……私、今なら言えることがあるの」

　ずっと、思ってた。

　両目に深影を映したいって。

　ただただ漠然と、この右眼に深影を映したいと思った。

　奇跡なんだよ。

　この瞳が色を映して、景色を映して……深影を見つめることができるのは。

　この場所にいなかったらきっと、そんなこと気づかなかった。

　当たり前が当たり前じゃなくなって初めて奇跡って言葉に当てはめるのは、ずるいのかもしれない。

それでもね、知らないよりずっといいよ。
　代償とは言わない。
　けどこの右眼が色と景色とその形を失くさなければ、ここで深影に出会うことはなかった。
　そう思うとね。
「この目で深影を見ていられることが一番幸せ」
　大きな手のひらが私の左目を覆う。
　もう片方の手で後頭部を支えられる。
「……ん」
　触れ合った唇がかすかに震えていることに気づいたけど、私はただ深影のキスに応えた。
　触れるだけのキスを何度か繰り返して、深影がまた私を抱きしめた。
「俺も」
「え？」
「……今、幸せ」
　鼓膜を揺さぶるような小さな響き。
　好きな人に幸せだと言ってもらえるって、こんなに幸せなことなんだ。
　深影も同じことを思っているのだとしたら。
　幸せが止まらなくて、少しだけ、怖い。

第 3 章

一番大切なこと

「はー……あっついなー」
「気持ちいいけどね」
　浴槽の縁にうな垂れる風香をパタパタと手で仰ぐ。
　久しぶりに来た春霞屋は２人の貸し切り状態。
　男湯の方は人が多いみたいで、さっきから賑やかな声が聞こえてくる。
「それにしても、あと１週間で夏休み終わりやな……早すぎるわ」
「そうかな？　私は長く感じたよ」
　７月になってすぐの終業式から、今日でちょうど１ヶ月。
　風香が言っていた通り、東高は始業式が早い。
　充実した夏休みももうすぐ終わる。
　高台にテントを張ってキャンプをしたり、工藤くんの家で和菓子作りを体験させてもらったり。
　風香の家でパンを作ったり、佐山さんと高橋さんが泊まりに来てくれたりもした。
　だからかな。
　長いようで短いって言葉がピッタリの夏休みを送ることができたんだ。
「男２人はまだ出らんの……もうのぼせそう」
「風香先に出てたら？　顔真っ赤だよ」
「うー……そうする。鏡華もあんまり長湯せんので」

フラフラしながら脱衣所に上がる風香を見送って、グッと体を伸ばす。
　まだ数えるくらいしか来ていないけど、銭湯はお気に入りだ。
　おばさん達が多い夕方に来れば、話も弾む。
　のぼせやすい風香は先に上がっちゃうことが多いんだけどね。
「んで、深影はあの子とどうなんよ。ほら、隣の家の子！　戸塚さんとこの娘さんやろ？」
　大きな壁を挟んだ男湯の方から低い声がする。
　ガラガラとした独特の響きは仕事終わりに来ることが多いおじさん達。
　戸塚さんの娘って呼んでるってことは、お母さんが手伝ってるお店のお客さんかな。
　そういえば……お母さんは最近もずっと、帰ってくるのが遅い。
　夜遅いだけじゃなくて、朝早くに出ていくこともある。
　睡眠はしっかり取ってるって言ってたし、見る分には元気そうなんだけど。
　様子が変っていうか……明るすぎるのも気になる。
　疲れてるはずなのにいつもニコニコしてるんだよね。
　肩までしっかり湯船に浸かって数字を数えながら、聞き耳を立てる。
「どうもなにも……順調に決まっとんやろ」
　ぶっきらぼうに深影がそう言った瞬間、男湯からは歓声

が上がる。
　茶化すように飛び交う会話が耳に入り込んできて、だんだんと別の意味で頬が熱くなってきた。
「よかったなぁ！　戸塚さんも最近、大谷田さんといい感じやしな！」
　……大谷田さん……？
　ふと拾ったおじさんの一言が耳にとまる。
　誰、大谷田さんって。近所にそんな人いないし、お母さんそんな話してたっけ？
　いい感じってそういうことだよね。
　お母さんが最近妙に嬉しそうなのは、大谷田さんって人が理由なんだろうか。
　疑問が1つ解消されたのに、私の心にはモヤモヤしたものが残る。
　ただでさえ沸騰しそうな頭で考えられるはずもなく、67まで数えたところで湯船から出た。
　お風呂から上がり、春霞屋の店主であるおばさんがサービスでくれたコーヒー牛乳を飲んでいると、男湯からガタガタと音が聞こえた。
　予算の都合で改装が女湯しか終わってないらしく、男湯のドアは建て付けが悪いんだって。
「おっそ！　めっちゃ待ったわ」
　コーヒー牛乳のビンを首筋に押し付けながら、風香がほっぺを膨らませる。
　私より先に出た風香はかれこれ30分も番台でおばさんと

話をしていたみたいだし、不満なのも仕方ないか。
　そんなことを言いながら先に帰りはしないところが、風香らしい。
　春霞屋を出たらすぐにわかれるのに、工藤くんが送ってくれるからかな？
　直接告白はしていないけど今はこの関係でいいって風香が笑って言っていたから、少し安心した。
　先に抜け出してきたのか、ペッタリと髪を濡らしたまま深影と工藤くんが出てきた。
　それを見た風香が、すぐさまコーヒー牛乳を飲み干して立ち上がる。
「遅いわ！　あんたら長風呂するタイプやないやろ」
　そ、そんないきなり大声出さなくても……。
　でも確かに前は深影と工藤くんの方が、お風呂を出るの早かったよね？
「ごめん。おっさん達うるさくてなかなか出れんかった」
「しつこいの知ってるでしょ、風香も」
　ため息をつく２人の顔は真っ赤。
　長風呂は得意じゃないって言ってた気がするし、本当におじさん達に引き留められただけなんだろうな。
　見兼ねたおばさんが２人にもコーヒー牛乳をサービスしてくれて、お礼を言ってから春霞屋を出た。
「んじゃ、またメールするなー」
「うん、またね！」
　真反対に帰って行く風香と工藤くんに手を振って、深影

を見上げる。

　上気した肌を冷ますためなのか、まくりあげられた袖から覗く腕にドキドキする。

　ふにふにしてる自分の腕とは違う、ガッシリと程よく筋肉のついた腕を見ると、深影が男の人なんだって嫌でも意識してしまう。

　コーヒー牛乳を飲み込む時、喉仏が上下に動くだけのことにも変に意識してしまって、パッと視線を逸らした。
「鏡華？」
「へっ!?　あ、なに？」
　身をかがめて顔を覗き込んでくるから、落ち着かせる間もなく心拍数は上がる一方。
　私ばっかりドキドキしてるみたいじゃんか……。
　悔しくなって、深影の髪の毛をかき回す。
「コラ、やめなさい」
「やだ」
　笑いながら冷静に言い返されるのにもムッとする。
　そんな余裕ぶってばっかりいると、私がいつかやり返した時後悔するよ。
　不意をついて絡められた指先が甘くしびれるような、変な感覚。
　握られた手を振り払うことができないでいると、目を細めて笑われた。
　薄暗い上り坂を2人で歩く。
　昔は会話がないって気まずくて嫌いだった。

けど、深影との間に落ちる沈黙には気まずさなんて欠片(かけら)もない。
　ただお互いの体温を手のひらから感じ合う空間に、言葉なんていらないと思った。
　普段あれだけうるさいセミの鳴き声も気にならないくらい、繋がれた左手だけが熱を持っていた。
「まただ……」
　私と深影の家を区切る塀の右側。
　私の家には明かり１つついていない。
　左側の深影の家はポツポツと明かりがついていて、おじいちゃんが家にいるんだってすぐにわかった。
　お母さんは……今日も帰ってきてない。
　夜遅くになったら帰ってくるのだろうけど、やっぱりたまには早く帰ってきてほしいな。
　寂しい。ちょっとした孤独感(こどく)に襲われて、きゅっと手に力を込める。
「俺ん家に来るか？」
「ううん……いい」
　深影の家に行っちゃうと、帰る時がもっと寂しい。
　お母さんにおかえりって言いたいから、帰らないなんて選択肢はないもん。
　名残惜しくなっちゃうから、行かない。
　寂しいけど、我慢。
　自分に言い聞かせながら手を離そうとすると、逆にグッと握り返された。

「深影?　どうしたの?」

「行こう」

「行こうって……ちょ、待って!」

　なぜか自分の家を素通りして私の家の前まで来た深影。

　わけがわからなくて立ち尽くしていると、反対の手を差し出された。

　なに……?

「鍵」

「へ……鍵?」

　なんで鍵?

　不思議に思いながらもポケットの中から家の鍵を取り出して手渡すと、すぐに玄関のドアを開けて深影が中に踏み込んだ。

「み、深影っ!　なんで……」

　電気もつけずにズンズンと廊下を進む深影に手を引かれるまま、ついていく。

　ガラッとある部屋のドアが開けられて、すぐに電気をつけられた。

　ここ……私の部屋だ。

　足取りに迷いがなかったのは深影の部屋と位置が同じだって前に話したからかな……じゃなくて!

　やばい、全然片付けてないよ。

　今まで深影が私の家に入ったことはなかったし、いきなり部屋に入られるとは思わなかったから散らかり放題。

　物は少ないのだけど、課題を広げたままの机とか、開けっ

放しの押入れとか、置きっぱなしの漫画とか……。
　慌てて片付けながら、チラリと深影の反応を窺う。
　入口に突っ立ったまま部屋の中を見渡す深影に、なんだか恥ずかしくなる。
「あ、あんまり見ないで」
「嫌だ」
　即答!?
　じっくりと部屋の中を見渡す視線が、ある一点で止まる。
　あ…………。
　深影の視線の先。
　それは机の横の棚に置かれた、淡いちりめん模様の布地。
　その上にポツンと置かれているのは。
　……おじいちゃんにもらった万華鏡。
「……これが万華鏡だよ」
　ばらばらになった中身が詰まっているビンと、筒を手に取る。
　ガラスから鏡まで、内部の部品全てが砕けてしまった万華鏡は、鮮やかな模様の彫られた筒の外側さえも薄れて見えた。
　職人さんの手にかかれば直せないわけじゃないらしいのだけど、これをおじいちゃん以外の人に直してもらいたいとは思わなかった。
　ずっと仕舞い込んでいた万華鏡を、ここに来てからは棚の上に飾っていたんだ。
　サイズが小さいから深影の手にすっぽりとおさまる。

手のひらに乗る万華鏡をまじまじと見つめる深影を、私がジッと見てしまう。

万華鏡知らないって珍しくない……？

あ、いや、深影は触ったことがないだけか。

どんなものなのかは知ってたもんね。

「これ、直せんの？」

「直せると思うけど、それはそのままでいいの」

壊れたままでいい。

今はもう、万華鏡を見ても罪悪感ばかりに捕われるわけじゃないから。

あの日散らばった世界が脳裏をよぎる。

私が回す世界は、綺麗なだけじゃないけど。

色んなものに埋もれても、輝き続ける"何か"を手放さないでいられる。

一番大切なものを見つめていられる。

それでいいんじゃないかなって思ったの。

万華鏡を棚に戻した深影が、今度は机の上に目を向けた。

気になるならそう言えばいいのに。

「前の学校の友達」

シンプルなフレームに飾られた写真を裏向きに伏せながら言う。

この前泊まりに来てくれた時に写真を撮ったんだ。

現像された写真が数枚送られてきたから、そのうちの1枚を飾ってたのだけど、すっかり忘れていた。

あんまり見せたくないんだよね。

ずいぶん前に友達はいなかったって言っちゃったし。
　多分、バレてる。
　佐山さんと高橋さんを責めてるわけじゃないけど、深影から見た2人がどう映るのか、想像できるからこそ、言いたくない。
　見せたくない。
　私はもう平気だから。
　だから……。
「そんな顔しないで」
　伏せられた写真立てを食い入るように見つめる深影の瞳は、ジリジリと揺れていた。
「鏡華がなんで仲良くできるんかがわからん。憎くならんの？」
　ああ、やっぱり。
　そう思ってしまうんだ。
　私だって、梶原さんとは二度と会いたくないし、思い出したくもない。
　でも私は誰に対しても、憎いなんて感情はもってないよ。
　怖かったし、前の町から逃げだした自分が情けなかった。
　それでも、誰かを憎んだりはしていない。
　佐山さんや高橋さんと仲がいいのは。
「私が佐山さんと同じだからかな」
「誰？」
「あ、友達。さっきの写真の」
　似てるんだよ、私と佐山さんは。

勝手な分析ばかりして佐山さんを見定めてた頃の自分が馬鹿馬鹿しくなってくる。
　苦手なタイプだから関わりたくないって思ってたのに、中途半端に関わられたら離れるのが惜しくなるなんて、馬鹿みたい。
　それにこの町に来てから、前より佐山さんのいいところに気づいた。
　友達ができて、恋を知って。
　いつか佐山さんがよく言っていたような感情を抱くようになって、ようやくあの頃の佐山さんの気持ちがわかった気がする。
　わかってたつもりでいただけで、私は何も知らなかった。
「憎んだってどうしようもないでしょ？　今が楽しいからいいの」
　すがっていたい思い出じゃないのに、過去に囚（とら）われたくなんかない。今ある関係を崩してまで憎んだり恨んだりしたくないもん。
　ポカンとする深影に向けて、誇らしげに笑ってみせる。
　大切なのはどんな場所にいても、どんな状況であっても、大事なものを手放さないでいることだ。
　変わっていった環境の中で、今も佐山さんや高橋さんと縁を繋いでいられてることは私の誇り。
　目の前の深影を見つめていられることでそれを実感する日々は幸せだよ。
　深影の手を引いて、畳（たたみ）の上に腰を下ろす。

ポツリと漏れた、深影の呟き。
「強いな、鏡華は」
「強い？」
「簡単にできることやないやろ、そういうの」
　そうなのかな。
　自分じゃよくわからない。
　そうしたいから、そうしてる。
　強いって深影は言うけど、弱い部分もたくさんあるよ。
　これから乗り越えていかなきゃいけないことだって。
　まあ、それも深影が隣にいてくれるって思ったら全然、大丈夫な予感しかしないんだけどね。
「深影、一緒に頑張ろうね」
　同じだけの悩みを抱えてるわけじゃないけど、1人で頑張るよりずっといい。
　自分のペースで進むことに、私は「頑張れ」としか言えないけど。
　せめて、一緒に。
　自然と触れ合った肩に少しだけ体重をかけると、そのまま反対の肩を引き寄せられた。
「……深影？」
　下から深影を見上げる。
　間近に迫る深影を見て、ドキドキしない日なんて、きっと来ない。
　それくらい、かっこいい。
　まだ少し湿った髪が頬に触れて、くすぐったい。

「ふっ……あははっ……」

イタズラっぽく笑った深影に脇腹をくすぐられて、大きく体をよじる。

「や、やめて……！　ひゃっ……」

倒れ込むようにゴロンと深影の上に乗ってしまった。

私のお腹に回されたままの、深影の手があったかい。

いや、あったかいんじゃなくて、熱い。

真夏なんだもん。

意識すると、くっついてる背中にまで、ジワジワと汗が滲みだす。

暑いのと熱いのが混じって、沸騰してしまいそうだった。

それを察したのか、深影がニヤリと笑う。

絶対何かされる！

身構えながらギュッと目を閉じると。

「んむっ！」

熱い手のひらで顔を覆われた。

なんで深影って手までいい匂いがするんだろう……。

お風呂上がりだからかな。

深影が使ってるボディーソープの桃の匂いがして、ドキドキする。そういえば小さなボトルに詰めて、春霞屋に持って行ってた。

いつもの深影の匂いだ。

鼻腔(びこう)をくすぐる桃の香りにだんだんと眠くなってくる。

ん……？　眠くなってくる？

自覚した途端に、意識を底に突き落とされるような眠気

が襲ってきて、深影の手を退けようとしたのだけど。
「最近寝てないんやろ、鏡華」
　優しい声音が降ってきて、動きを止めた。
　確かに、最近はあまり眠れていない。
　お母さんが帰ってくる時間が更に遅くなって、心配で眠れないことが多かった。
　ううん、心配じゃなくて寂しかった。
　深影がいるからって埋められる寂しさじゃなくて、せめてお母さんが帰ってきたことがわかるまでは眠らないようにしていた。
　でも目の下にクマを作るほどじゃないし、そんなこと一言も言ってないのに。
「なんで……？」
「毎日傍におればわかる」
　当たり前って言いたげにため息までつかれて、何も言えなくなった。
　動けないし、言い返せない。
「ほら、寝ろ」
　あやすように肩の辺りを撫でられて、眠気に逆らえなくなる。深影の手のひらのぬくもりを感じながら、ふっと意識を手放した。

「ん……」
　誰かの声が聞こえた気がして、うっすらと目を開ける。
　真夏だってことを感じさせないくらい肌寒くて、手探り

で引き寄せたブランケットをかぶる。
　寒い……ってことはもう朝なのかな。
　昨日は……どうしたんだっけ？
　春霞屋に行って……深影と一緒に帰ってきて……。
　私の家に深影が来たんだっけ？
　なんかすごいお腹とかくすぐられたような気がする。
　重力がまぶたに集中したみたいに重くて、目が開かない。
　ブランケットじゃ足りない、寒い。
　ついさっきまで傍にあったはずのぬくもりを求めて手を伸ばすけど、冷たい空気をつかむだけ。
　眠気よりも虚しさが勝って、ムクリと起き上がる。
　午前5時20分。
　ボーッとしているとだんだん昨夜の記憶が蘇ってきた。
　ずいぶん長い時間眠ってたんだ。
　ちゃんとベッドの上で寝かされてる……。
　起きた時に深影がいてくれたら嬉しかったのにな。
　昨日帰ってから義眼の洗浄をしていなかったことを思い出して、急いで洗面所に向かう。
　手早く洗浄をし終えて部屋に戻ろうとした時、居間の方に人の気配を感じた。
　お母さんかな？
　まだ寝てないんだ。
　平日だから8時頃には家を出るはずなのに……。
　いくらなんでも睡眠が足りなさすぎる。
「お母さん？」

ヒョイッと顔を覗かせる。
うつむいて何か思い悩んでいるような雰囲気。
あ、これ……私来ちゃいけなかったかな。
しまった、と思った時には遅くて、振り向いたお母さんがビックリした顔をした。
「鏡華……起きたの？」
「うん。ちょっと早起きしちゃった」
「そう……」
どうしたんだろう、お母さん。
おはようって、明るく言ってくれる普段とは違う。
やっぱり疲れが出たのかな？
親孝行とか全然できてないし、たまには肩叩きでもしてみようか。
「ね、お母さ……」
「大事な話があるの、鏡華」
え…………？
ビックリしたのはお母さんが私の話を遮ったからじゃない。深刻そうに顔を歪ませたお母さんを見たから。
何を言われるのかわからない。
わからないからこそ、不安で足が震える。
だってそんな顔、絶対……ちょっとしたことじゃないでしょ？
何とかテーブルを挟んでお母さんと向かい合う。
お母さんは押し黙ったまま何も言わない。
ほんやりと明るい室内に落ちる沈黙は、親子の間であっ

ても気まずさしか生まなかった。
「最近、お母さん帰ってくるの遅いでしょう?」
「うん」
　遅い、どころじゃない。
　遅すぎるよ。
　仕事が長引いたからってここまでになるわけがないって、私ももう気づいてる。
「手伝っているお店にね、よく来てくれる男性がいるの」
　男の人……?
　それって……。
　つい昨日、春霞屋で聞こえてきた会話を思い出す。
　お店の常連っぽいおじさん達が言ってたっけ。
　確か……。
「大谷田……さん?」
　眠った辺りから曖昧な記憶を引きずり出してポソリと呟くと、お母さんがハッと息をのんだ音がした。
「知っているの?」
「え……いや、知らない。銭湯でおじさん達が言ってたのを聞いただけ」
　それ以上は何も知らない。
　大谷田さんが誰なのかも、どんな人なのかも。
「そう……」
「お母さん、その大谷田さんって人誰なの?」
　よく来てくれる男性……っていうと、思い浮かぶ関係は1つしかないのだけど。

静かに瞬きをしたあと、優しい顔でお母さんが笑った。
　優しい……けど、切なさを混ぜたような笑顔。
「再婚、したいと思っているの」
　何となく、話を切り出された時から予想はしていた。
　だけど実際に言われると結構な衝撃で、口からは乾いた笑いしか漏れない。
　なんで「おめでとう」って言えないかな、私。
　あ、まだおめでとうじゃないか。
　気が早いって言われちゃうかもしれないけど、私はそれでいいよ。
　突然のことだけど、お母さんにとってそれが幸せなら。
　いつも私ばかり優先するお母さんが、自分の幸せを求めてくれることが嬉しかった。
　今、私は限りなく幸せだから、人の幸せを素直に喜べる。
　恋をすると優しくなれるんだって初めて気付いた。
　嬉しくて、お母さんに声をかけようとしたのだけど。
　頬が緩む私とは対照的にお母さんの顔色が曇っていく。
「それでね…………」
　表情を暗くして重い口を開いたお母さんの発することばの意味が、理解できなかった。

「っ……はぁ……」
　薄着のまま家を飛び出して、たどり着いたのは高台。
　ニシロ階段を駆け上がった記憶も曖昧で、いつの間にかここにいたような気がする。

寒い、けどそれだけじゃなくて。
背筋を冷たいものが伝っていく。
背中に聞こえたお母さんの声を無視して飛び出してきた。いわゆる、現実逃避。
無意味だってわかってるのにこうしてしまうのが人間なのかな。
モヤのかかる高台の柵の所に立って、空と海を見渡す。
いつか、深影が言ってた。
『今日の空は明日にはない』って。
なら、昨日の空も今日にはないんだ。
当たり前のことだけど、昨日とは全然違う景色を見せる空はとても綺麗。
キラリと景色が輝いた気がした。
ううん、違う。
じわりと滲む涙が景色を歪ませて、輝かせているんだ。
どうしよう、どうしたらいい？
さっきお母さんに言われたことが、ぐるぐると頭の中を回る。
『引っ越しをしないといけない』
大谷田さんは隣町から、仕事でこの町に来ることが多くて、お母さんが手伝っている店の常連客だったらしい。
2人の距離が近づいた矢先、大谷田さんが仕事の都合で少し離れた所に引っ越しをすることになったって。
急な話ではないのだけど、今年中には引っ越しを済ませておきたいということで、お母さんに打ち明けたのだと

言っていた。
　話を聞いた限りでは、お母さんは大谷田さんの引っ越しについて行きたいんだよね……？
　これから先の話も少しずつしているらしく、大谷田さんの方は私のことを知ってるって。
　自分の知らないところで色んな話が進んでいたことなんてもうどうだっていい。
　ただただ、お母さんに告げられた"引っ越し"ということばが、頭の中に響いていた。
　いい人だっていうのはお母さんを見ていればわかる。
　とりあえず私と大谷田さんが対面してから話を進めたいってことだけど……。
「……無理だよ」
　会いたくない。
　……行きたくない。
　だってまだここに来て半年も経ってないんだよ。
　前の町ほどは離れてないとはいえ、深影たちと簡単に会える距離じゃなくなるのは確かだ。
　ずっとここにいられるって信じきっていたから、そんな可能性全然考えてなかった。
　9月の最初の週に大谷田さんと一度会ってみないかって話だから、この先どうなるのか自分でもわからない。
　眼のことも寝不足のことも見抜いてしまった、深影にだけは悟られないようにしないといけない。
　自分とお母さんの問題だから。

それなのに、こんな時でさえ思い浮かぶのは。
「深影っ……」
　傍にいたいって気持ちだけじゃ、上手くいかないことだってあるんだ。
　自分の幼さを痛感して、ギリッと唇を噛む。
　２人だけの世界にいるわけじゃないんだから、いつも自分の望むようにはいられないって、それくらいわかっていたはずなのに。
　この町から離れることはないなんて、勝手に思い込んでいた。
　自分の幸せで人の幸せを測ろうなんて、私馬鹿だ。
　私には私の、お母さんにはお母さんの幸せがあって、きっとそれがぴったり重なり合うことの方が少ない。
　きちんと話し合わなくちゃいけないこともわかるけど、会ってみないかと急に言われても、まだ飲み込みきれない。
　それでも、これからのためには何が一番大切なことなのか……ちゃんと考えないと。

　新学期。９月に入ってすぐのこと。
　８月中旬にダラダラと再開された学校生活でリズムを崩したのか、最近少し体調が悪い。
　それだけが原因じゃないとは思うけど。
「んじゃ毎年恒例、文化祭の企画よろしくー。決まるまで帰んなよ」
　パタンとドアが閉まる音がして、一気に教室の中が騒が

しくなる。
　伏せていた顔を上げると、顔面に冷風がかかった。
　エアコンの風が直撃するこの席、夏だしラッキーくらいにしか思っていなかったけど、今は悪寒の元。
　ゾクリと鳥肌が立つのを感じて、自分の体を抱き締める。
「鏡華どうしたん？　寒い？」
「ううん……平気」
　ごめん深影、嘘だよ。
　寒いけど、皆は暑いだろうし、私が我慢すればいい。
「何するー？」
「去年はうちんとこ"男女逆転喫茶"やったよな。2組はかき氷やったっけ？」
「かき氷はダメって。冷凍庫もクーラーボックスも足りん」
　放課後に残ってまで文化祭の企画をするクラスメイト。
　乗り気じゃないのは担任の先生くらいだ。
　今の私も文化祭ってノリじゃないけど、顔に出さないように笑って見せる。
「深影も参加したの？」
「……二度とやらん」
「嘘！　深影スカートはいたの？」
　う……大きい声出すと頭が痛い。
　でも気になる。
「うるさい」
　またうるさいって言う！
　照れてるのかな？

去年の写真とか持ってる子いないかな。

風香にきいてみようかなって思った時。

「去年のアルバム持ってきたよー！」

ちょうどいいタイミングでダンボール箱を抱えた女の子が入ってきた。

ナイス！　えっと……田畑さん、だっけ。

立ち上がって早速アルバムを見に行く。

「ちょ、待て！」

慌てた深影の声が聞こえてくるけど、スカート姿の見たさが勝る。

「あ、戸塚さーん！　これこれ、深影写ってるよ！」

「わっ、ありがとう」

薄いアルバムを1冊差し出された。

パラパラとページをめくると、同じクラスの男の子の写真がいっぱい。

このアルバムは男の子がメインなのかな？

「あ……永田くんだ」

普段は坊主頭を見慣れているから一瞬誰だかわからなかった。

肩までの内巻きがビックリするくらいに馴染んでいて、胸に詰め物までしてるせいで完全に女の子。

凝ってるなぁ……。

クラス替えがないってことは工藤くんもいるはずなのに、うまくカメラを避けたのか全然写ってない。

「鏡華！　それ見んな！　貸せ！」

「見つけた！」
　最後のページをめくった瞬間、同時に声を上げる私たち。
　言われたって素直に貸す気はなかったけど、もう見ちゃった。
「ふっ……あははっ……可愛い」
　先に見た者勝ちだよね。
　ぶすっとした顔でカメラから目を逸らす深影の写真。
　他の人よりも若干短いスカートの下に黒タイツを履いていて、長い脚がすごく綺麗。
　極めつけは……。
「深影、ツインテールだったんだね」
　風香よりも長いツインテール。
　頬の辺りに薄く何かを塗っているのか、ほんのりとピンクに染まってる。
　そのせいでもうどこから見ても女の子。
　妙にクオリティの高い女装ばかりだとは思ったけど、深影はもしかしたらものすごい人気だったんじゃないかな。
「見んなって」
「あっ」
　開いたままのアルバムを上からあっさりと奪われる。
　そのまま手の届かない所まで高く上げられて、仕方ないから諦めた。
「ケチ。深影可愛かったよ？」
「うるさい。嬉しくないけんな、それ」
　あ、そのちょっと不機嫌そうな顔。

写真の顔と似てる。
　当然といえばそうなのだけど、深影はあまり乗り気じゃなかったのかな。
　よく似合ってたのに……。
　男の子だし、可愛いって言われても嬉しくないのか。
　ふてくされた顔の深影は、その表情のままアルバムを戻しに行った。
　いつの間にか、田畑さんがメモ用紙を持って色んな人に案を聞いて回ってる。
　ジッとその様子を見ていると、気づいた田畑さんがこっちに来てくれた。
「戸塚さん前の学校では何したん？」
「んーと……焼きそばだったよ」
　調理と接客だけの簡単な模擬店。
　それも、他のクラスとかぶってたせいでお客さんが少なくて暇だった気がする。
　私、文化祭の時は確か図書館でサボって……いや、休んでたし。
　参考になるのかならないのかいまいちわかんないな。
　前の学校では文化祭が11月だったけど、この学校の文化祭は10月。
　聞けばこの地方は10月でもそうとう暑いらしいし、熱気がこもるものはやめた方がいいと思う。
「焼きそばかぁ……なるべく冷たいのがいいんよね……」
「あ、やっぱり？」

熱いと作る方も大変だもんね。
「うん、でも他のクラスもそんな話してるやろうけんさ。冷たすぎず夏に人気のものとかあるかな」
　うーん……そう言われると難しい。あんまり冷たいものばかりだとお腹壊しちゃうかもしれない。
　季節感を残して、他のクラスとは一味違う感じがいいのかな。
　なかなかいい案が浮かばなくて首を傾げた時、ある人が目に入った。
　そうだ！
「工藤くん！」
　何やら熱心に話しかける風香を、完全無視する工藤くんの席に駆け寄る。
　なんだなんだ、と田畑さんもついて来た。
　興味なさげな工藤くんは多分、文化祭の話全然聞いてないんだろうなぁ……。
　まあ、ダメもとで言っちゃお。
「なに？」
「文化祭、和菓子で何かできない？」
「……は？」
　うん……反応が予想通りだ。
　それいいね！　とか乗ってきてくれるのは……。
「それ！　いいやん！」
　風香くらいだよね。
　心底面倒くさそうな顔でため息をつきながら、工藤くん

がポツリと呟く。
「却下(きゃっか)」
「どうしても？」
「うん」
　やっぱりダメかぁ……。
　他のクラスと違った感じにするなら、いい案だと思ったんだけどな。
「なるほど……和菓子ね」
　諦めかけた時、隣で何かを書き込みながら田畑さんがそう言った。
「え……あの、なるほどって？」
「いいと思うよー。候補に入れとくね」
「あっ……ちょ、待って！」
　引き止める間もなく行ってしまった田畑さん。
　チラッと工藤くんを見ると、更に不機嫌そうな顔になってる。ごめんね工藤くん、でも今のは仕方ないと思うの。
　結局、多数決で文化祭の出し物はお茶屋さんに決まった。
　冷やしぜんざいとか、水ようかんとか、案は出たけどメニューはまた後日決めることになった。
　調理班のリーダーになったのはもちろん工藤くん。
　居残りが確定したことで工藤くんは不機嫌を通り越して怒ってしまった。
　正確には、怒っているように見える。
　一緒に帰ってはいるけど、距離が離れすぎてるし。
「私のせい……だよね」

工藤くんが和菓子作りが好きだと知って、調子に乗ってしまった。
　工藤くんのことは深影にまかせて、私は風香と一緒に後ろの方を歩く。
「いやぁ、鏡華のせいやないやろ。あたしも賛成しちゃったし、あんまり気にせんので」
「うん、ありがと……」
　決まってしまったものは仕方ない。
　和菓子のことがわかるのは工藤くんだけだし。
　家がお店をしている子が多いから、作り方さえわかれば何とかなりそうなのが救いだ。
　でも……なんで工藤くんはあんなに頑ななんだろう。
「幸久はおじさんにみっちり絞られよんけんなぁ……店以外で作りたくないんかもしれんけど、どうやろ」
　風香もはっきりした理由はわかんないか。
　工藤くんが継ぎたいのは自分のお店であって、他の場所では作りたくないとか……？
　うーん……わかんないなぁ…。
　話が変わってからも頭の隅で工藤くんのことを考えていると、いつの間にか風香と別れる道にきていた。
「んじゃ、また明日なー」
　手を振る風香にぎこちなく笑って、前方の２人の背中を見つめる。
　今は……あの中には入れないな。
「っ……ぅ……」

忘れた頃に頭が痛くなってくる。
暑さも相まってか目眩までしてきた。
そう、明日はついに大谷田さんと会う日。
まだ自分の考えも定まっていないのに、うまく話せる気がしない。
どうしたらいいんだろう。
もしかしたら……文化祭を思い出に、この町を離れないといけないかもしれない。
お母さんの再婚に反対しないっていうことは、つまり引っ越しを受け入れるってこと。
そしてそれは……この町から離れるってこと。
どうしないといけないかなんてもうわかってる。
選択肢は、1つしかないんだ。

思い出に残して

　開け放した窓から吹き抜ける、蒸し暑い空気。
　じわじわと背中に嫌な汗が浮かぶ中。
「初めまして。えっと……鏡華ちゃん、でいいのかな？」
　テーブル越しに向かい合う男の人が口を開いた。
　この人が……大谷田さん……。
　お母さんよりも２つ年上と聞いていたけど、想像していたよりもずっと若く見える。
　第一印象が最悪、とかだったらどんなによかったか。
　性格も穏やかそうで、ラフな服装ではあるけれどきちんと着こなされた感じを見る限り、どこをとっても悪いところなんてない。
「鏡華！　もう……ごめんなさい、この子ぼんやりしてて」
「いや、緊張するのは仕方ないよ。僕も昨日は眠れなかったんだ」
　何も言えない私の前で交わされる会話。
　お母さんもすごく自然体で接しているし、２人の仲がいいことがわかる。
　気づかれないようにため息をつく。
　２人の雰囲気に馴染めないというか、居心地が悪い。
　ほのぼのとした会話が目の前で交わされるのを見て、またため息。
　２人の馴れ初めとか、大谷田さんがバツイチだとか、息

子さんがいるとか、そんな話をぼんやりと聞きながら、何とか頭の中で決意を固める。
「それで、もうお母さんから話は聞いてると思うんだけど」
「あ、はい。再婚のことですよね」
「うん、鏡華ちゃんの希望を優先したいっていうのがお母さんの願いだから、どう思っているのか教えてくれるかな」

柔らかな笑みを浮かべる大谷田さん。

その瞳の奥には真剣さが見えて、ゴクッと生唾を飲んだ。

もう、答えは決まってる。

ここまで来て私の希望を優先したいなんて言われると、お母さんは結局人任せでズルイとも思うけど。

私のことを考えて言ってくれてるんだって、わかってるから。私はそれに応えないといけない。

すぅ、と大きく息を吸い込んで、口を開く。
「私は……この町に来て、知らなかったことをたくさん見つけることができました」

押し出された声は私が思っていたよりもずっと小さくて、震えていた。

知らないことが何なのかも知らないまま生きていた私が、この町で見つけた大切なこと。

その1つ1つを2人に伝える。
「大事な人ができました」

大事な友達、大事な縁。

唯一無二の、一生に一度と思える出会いもした。

深影の顔が脳裏に浮かんだ瞬間、どうしようもなく泣き

たくなった。
「幸せなんです。今、すごく」
　きっと、明日の方が今日よりも幸せなんだろうなって思う。明日が羨ましくなって、待ち遠しくなって、朝が来ると共にまた明日が恋しくなる。
　そんな日々を重ねて、今私はここにいる。
「だから、再婚には賛成ですけど、引っ越しはしたくありません」
「鏡華……」
　きっぱりと言い切ると、お母さんが悲しそうな顔をした。
　そんな顔しないで、お母さん。
　違うの、私ちゃんと考えたんだよ。
　ずっと悩んでた、ううん、今も悩んでる。
　それでもね、信じてみたいの。
　大切な人達のことを。
「お母さんの幸せって何？」
　真っ直ぐにお母さんを見て、問いかける。
　お母さんを見ていたらわかるけど、直接聞きたい。
　そう思ってジッと待っていると。
「……鏡華と、賢也さんといることよ」
　目に涙を浮かべたお母さんが、そっと大谷田さんを見た。
　そっか、やっぱりそうだよね。
　大谷田さんだけじゃなくて、私にも一緒にいたいって言ってくれたことがすごく嬉しい。
　自分の中にあった塊みたいなものが消えた気がした。

今なら言える。
「引っ越し、しよっか」
　私はずっとそれ以外考えていなかった。
　葛藤はしたけど、揺らぐことはなかった。
　再婚はする、でも引っ越しはしない。
　それが一番だったのかもしれないけど、仕方ないよね。
「鏡華……でも、深影くんは……どうするの？」
　あ、そっか、お母さんは私と深影が付き合ってること知ってるんだ。
「大丈夫だよ」
　何の根拠もない"大丈夫"。
　……私はずっと、この町に来て深影に出会えたことが幸せなんだと思ってた。
　でも、それって多分違うんだ。
　出会い方１つで何かが変わってしまう恋じゃないもん。
　"この町で出会えた深影"に恋をしたんじゃない。
　私が好きになったのは紛れもなく、深影自身。
　たとえ離れたとしても、それは変わらないって信じていられるから。
　だから、大丈夫だよ。
　その後、お母さんは泣き出すし、大谷田さんは目の前でお母さんにプロポーズするし、大変だった。
　ドッとのしかかる疲れを振り払いたくて、日が沈みかけた高台に登ってきた。
　思いっきり伸びをして、吹き抜ける涼しい空気を肺いっ

ぱいに吸い込む。
　ここ数日ため息ばかり吐いていたせいか、久しぶりに空気をちゃんと吸った気がする。
　眼下に広がる入り組んだ町並みと、防波堤の先に見える大海原。
　こんな綺麗な景色、他にないよ。
　テレビや写真で見るような世界の絶景よりも、ずっと輝いて見える。
　この景色を、色を、一瞬を、思い出に残そう。
　またこの景色を見ることができますように。
　オレンジと藍色が混ざったような空を仰いで、無数に散らばる星に願う。
　あと、2ヶ月。
　たくさん思い出を作ろう。
　そうして、全部持っていくんだ。
　いつかまたこの場所で、この景色を見られるように。
　あ、違うか……今日の空は明日にはないんだもんね。
　じゃあ、またここに来た時に、今日の空を思い出そう。
　小さな左眼いっぱいに星空を閉じ込めるように、そっと目を閉じた。

　忙しなく準備に追われて数週間。
　ついにやってきた文化祭当日。
「ちょっ……鏡華……あんた似合いすぎ！　イケメンか！」
「いやいや、風香も可愛いよ？」

更衣室になっている空き教室で、用意された衣装に着替えると同時に風香が騒ぎ出した。

イケメンって言われてもね……喜ぶべきなのかな？

自分の身に着けているスーツの袖を持ち上げてみる。

うーん……やっぱり袖長いし似合わない気がする。

長い髪をほどいて、派手なパーカーを着た風香は男装というよりもお笑い系になってるけど、可愛いから黙っておこう。

それで、なんでこんなことになったかというと。

前日、急に持ち上がった『復活・男女逆転』とかなんとかで、クラスの一部が着替えをすることになったせい。

私と風香は調理班だったんだけど、工藤くんの手際があまりにもよすぎて、人が多くても邪魔になるってことで追い出された。

「深影も女装すればよかったんにな。なんで深影が調理に残ってあたしらが客寄せなん、おかしいやろ」

「うん、見たかったなぁ……深影のスカート」

女子は割と乗り気な人が多かったのに、男子には不評だったんだよね。

ノリノリなのは永田くんくらいだ。

じゃんけんに負けて女装組になった男の子達のテンションの下がり具合はものすごかった。

思い出したように星がついたピンで前髪を留めた風香がクルッと回って見せる。

「ま、あたしらはあたしらの仕事しようか。どうせなら優

勝狙おうな」
「本当に優勝狙ってるの？」
「あったりまえやろー？　幸久のお菓子と男子の女装があれば可能性はある！　あたしらの頑張りで優勝も狙えるんやけん」
　優勝……優勝かぁ……。
　なんでも、文化祭の出し物は売り上げ集計と人気度、その他総合評価で順位がつくらしくて。
　去年は惜しくも準優勝だったからか、今年は熱の入り方が違うんだって。
　『復活・男女逆転』が提案されたのもそのせいだし。
　とにかく、教室で頑張ってくれてる女装男子と、工藤くんと深影を含む調理班のためにも、私達はできることをやらないと。
　プラカードみたいな看板を持って、教室を出る。
　廊下に溢れる騒音が、文化祭の盛り上がりを物語ってる。
「人多っ！　やっぱ今年は１日だけやけんかな」
「そうかもね。いつもは２日間なんでしょ？」
「そうよ！　なんで今年に限ってこうなんかな……ほんっと嫌やわ」
　人波をかき分けている間もブツブツと文句を言う風香。
　文化祭は２日間で行われる予定だったのだけど、なぜか１日に詰め込む形になってしまった。
　そのおかげ……というかそのせいでこの盛況。
　例の優勝争いも白熱したものになるんだろうなと思う

と、楽しみだけど、少し気が重い。
　人が大勢押し寄せる生徒玄関についた瞬間、風香が声を張り上げる。
「2年1組！　水ようかんに冷やしぜんざい、あんみつもありますよー！」
　風香の声は行き交う人の視線を奪うほどによく響く。
　途端にワッと歓声が上がって、なぜか小さな子供達が一斉に群がってきた。
「ふうちゃんだー！　パンはー？」
「幸久くんが作っとるの!?」
「ふうちゃんの教室どこー？」
　ニコニコしながら矢継ぎ早に言葉を繰り出すのは、町の小学生達。
　夏休みに何度か海で見かけた子もいる。
「はいはい、今日はパンはないよ。幸久と深影と、他のお店の子たちもおるからね。教室の場所は2階の突き当たり。あとは看板見て行きな」
　す、すごい……。
　私なんて、みんな話すのが同時だから半分も聞き取れなかったのに、風香はみんなの質問に完璧に答えてる。
「はいはい、鏡華はあっち。目指せ優勝！」
「う、うん！　風香も頑張って！」
　激励を背中に受けて、風香と別れる。
　チラチラと風香の背中を見ていたけど、すぐに人波に消えていった。

とりあえず大きなアーチがかかった校門の方に向かう。
　ガヤガヤと騒がしい中を歩きながら、ふぅっと息を吐く。
　……この町にはだいぶ慣れたけど……話し方は苦手なんだよね。
　深影はしばらくしたら慣れるとか、すぐにつられるとか言ってたけど、そんなことなかった。
　深影達のは聞き取れるんだよ、聞き取れるんだけど。
　……おばあちゃん達のは未だに苦手。
　滑舌（かつぜつ）というか、話し方自体が聞き取りにくい。
　町に若い人が少ないこともあって、今日来ているのも子供達やおばあちゃん、おじいちゃんばかり。
　こうなるって予想してたから調理班がいいって言ったのに。まさか工藤くんに追い出されるとは思わなかった。
　10月になったとはいえ、まだまだ気温が高い日が多い。
　スーツは暑いし動きにくいし……。
　クールビズしようよ……軽装でいいじゃんね。
　風香ほど声を張り上げる元気もなく、暇そうな人に狙いを定める。
　「冷たい」と「涼しい」を聞くとすぐに飛んで行ってしまう小学生につい笑ってしまった。
　深影は頑張ってるかな。
　料理はあんまり得意じゃないって言ってたよね？
　工藤くんはなんだかんだ言いながら準備が始まると人が変わったみたいだったからいいとして、なんで深影が調理に残るんだろう。

私は置いといて、風香の方が明らかに適役だと思うんだけどな……。
　頭の中に浮かぶ"優勝"がいまいちしっくり来なくて、手当たり次第に歩いていると、突然。
「うっわぁっ……!?」
　後ろから腰の辺りに衝撃が飛び込んできた。
　な、なに!?
「うぅ……」
　やけにガッシリとつかまれているせいで、頭しか振り向けない。
　背が小さい……とりあえず、男の子……かな。
「あの……?」
「とう……ちゃ……っ」
　え……?　あ、迷子か。
　って、私まさかお父さんと間違えられたの?
　それはちょっとショックだな……でもスーツだし、ありえるといえばありえるか。
「大丈夫?　えーっと……迷子、だよね。どこではぐれたのかわかる?」
　うう……私本当に子供に対するスキルがないな。
　こんな時、深影や風香なら上手くやるんだろうけど。
「ふぇ……っ」
「な、泣かないで!　えっとほら、名前!　名前は?」
　顔を上げてくれないからわからないけど、明らかな涙声。
　泣かれたら今度こそどうすればいいのかわかんないよ、

むしろ私が泣きたい。
　なんとか体をよじって男の子と正面から向かい合う。
　途端に抱きつかれたけど、後ろからよりはずっといい。
　一瞬だけチラッと見えた頬が、涙の雫で光っていた。
「……おおやだ……しょうた」
「しょうたくんね」
　ん…………おおやだ……大谷田？
　え、なんかすごい聞き覚えがあるんだけど……まさか、違うよね？
　まさか大谷田さんが来てるはずないし。
　でも私あの日ちゃんと聞いてたよ？
　息子さんいるんだよね、確か。
　人見知りでなかなか会いたがらないから、今度写真を見せてくれるって言ってた。
「ね、しょうたくん、どの辺りでお父さんとはぐれたのかわかる？」
「ん……げんかんのとこ」
　玄関……ってことは校舎の入口か。
　あそこらへんって結構込み合ってたもんね。
　まだ小さい子だし、迷子にもなるよ。
「じゃあ……とりあえずお父さん探しに行こっか」
　差し出した手を小さな手でキュッと握られて、ちょっとだけキュンとした。
　可愛い……もし、もしもしょうたくんのお父さんが私が思い浮かべている人だったとしたら……。

いや、今は探すのが先だ。

だいぶ人が減った生徒玄関に着いて辺りを見渡すけど、しょうたくんは首を振るだけ。

先に校内に入るってことはないと思うんだけどな……。

グルリと校舎の周りを回っても見つからない。

ついにしょうたくんが立ち尽くしたとき、どこからか足音がこっちに駆けてきた。

「翔太！」

聞き覚えのありすぎる声。

同時に、翔太くんが私の手を引っ張って走り出した。

ちょ、えっ私も行くの!?

私の手なんて振り払ってしまうと思ったのに。

低い体勢になりながら小走りで向かった先には思った通り……。

「とうちゃん！」

「……大谷田さん……」

息を切らせたスーツ姿の大谷田さんが翔太くんの前にしゃがみ込む。

「翔太……とうちゃんの手を離すなって言っただろう」

「ごめっ……ごめんなさい！　とうちゃん……」

ギュッと大谷田さんの首元に抱きつく翔太くんを見て、今度こそ鼻血が出るかと思った。

実際に鼻血を吹いたりしたらビックリされちゃうかもしれないけど、目の前の２人が可愛すぎて。

だって、大谷田さんまで自分のこと「とうちゃん」呼び

するとは思わなかった。
　こっそり翔太くんの手を離して、密かにもだえていると、視線を上げた大谷田さんが驚いた顔をした。
「鏡華ちゃん……？　なんで……あ、もしかして翔太と一緒にいてくれたのかな。ありがとう」
「あ……いえ、よかったです。ずっと探してたので」
　お互いにペコリと頭を下げた後、訪れたのは沈黙。
　だって……大谷田さんと、お母さん抜きで会うのは初めてなんだもん。
　翔太くんとも今日初めて会ったし。
　気まずい雰囲気を感じているのは私だけなのか、大谷田さんはニコニコしながら翔太くんの背中を押す。
「この子は僕の息子でね、今5歳なんだ。話はしてたけど、会うのは初めてだよね？」
「はい。でもすごく人懐っこくて、聞いてた感じとは違うなって思いましたよ」
　キョトン、とした顔で大谷田さんと私を交互に見る翔太くん。
　さっき会ったばかりの私が、お父さんとこんな風に話してたら不思議に思うよね。
「とうちゃん……？」
　首を傾げる翔太くんが大谷田さんの袖をつかむ。
　翔太くんに視線を合わせた大谷田さんが愛おしそうに目を細めたのを見て、胸が締め付けられるような感覚を覚えた。家族に……なるのかな。

私は家族になれるのかな。
「鏡華ちゃん、だ。呼んでごらん」
「きょうかちゃん……」
　ジッと真ん丸な目を向けてくる翔太くんと。
　家族に……なれる？
　何も答えられずにいると、立ち上がった大谷田さんが私の頭を撫でた。
「大丈夫、ゆっくりでいいよ」
　私だけに聞こえるように囁かれた言葉に、知らない内にこわばっていた体の力が緩む。
　大谷田さんはお母さんのことだけじゃなくて、私のこともちゃんと考えてくれてる。
　もう"家族"として見てくれてるんだ。
　再婚って、賛成とか反対だけの問題じゃないんだね。
　お母さんと大谷田さんが夫婦になって、お母さんと大谷田さんと翔太くんと私で家族になるってことなんだ。
　そんなことに、今更気づいた。
「きょうかちゃん」
「え……」
　再び私の手を取った翔太くんがグイグイと引っ張ってくる。困惑して大谷田さんを見るけど、穏やかな笑みを浮かべるだけ。
「せっかくだから案内してもらおうかな」
「えぇ……」
　この格好で校舎に入りたくないんだけどな。

どうにか断れないものかと思案したものの。
「いこっ、きょうかちゃん」
　翔太くんの無邪気な笑顔に負けた。

　各々の教室を回るたびに目を輝かせる翔太くんに手を引かれて、そろそろ１時間。
　ずっと体勢を低くしているせいで腰が痛む。
　代わってくれと大谷田さんに視線をやっても、興味深そうに辺りを見渡していて、気づいてくれなかった。
　片手に技術工作部の木製のパンダみたいなのを持った翔太くんが私を見上げる。
「きょうかちゃんのクラス？　ってどこ？」
「私のクラス？　なら階段下りてすぐだよ」
「いきたい！」
　そう言うと思った。
　でも、呼び込みに行っているはずの私が男の子を連れて戻ったら驚かれちゃうし。
「……だめ？」
　渋い表情の私を見て、翔太くんがしょんぼりする。
「だ……めじゃないです。行こうか」
　そういう顔をするのはズルイって。
　クラスの子に聞かれたらどう説明しようか。
　あと１ヶ月後にはもう引っ越しを済ませて、私はここにはいないこと。
　深影にも、風香にも工藤くんにも、まだ何も言ってない。

良いタイミングがいつかなんてわからずに、まだいいやって誰にも言えずじまいになっている現状。
　そんな中で翔太くんを連れているところを見られたら、きっと深影達は黙っていないだろう。
　翔太くんを連れてクラスに戻ると、ちょうど人が引いたタイミングだったらしく、すんなりと中に入れた。
「はいはい！　いらっしゃい……って、戸塚さん？」
　制服にエプロン姿の田畑さんが、私を見るなり目を丸くさせる。
　そりゃそうだよね。
　呼び込みに行ってるはずの私がお客さんとして来てるんだもん。
　休憩中ならまだしも、まだ午前の部が終わる前。
「ちょっとちょっと、何サボっちゃってんの！　そのスーツが売りなんやから、教室に来たら意味ないやろ！」
「う……ごめん。後でちゃんと巻き返すから、お願い」
　チラッと視線を翔太くんに向けると、田畑さんが納得したような顔をした。
「あー……いいよいいよ。可愛いね、弟？」
「うん……まあ」
　やっぱり、そう見えるよね。
　私と翔太くんの後ろにいる大谷田さんにペコリと会釈をして、田畑さんが席に案内してくれる。
　といっても、ただ机をくっつけただけの席。小花柄のテーブルクロスのおかげで雰囲気は悪くないと思う。

「さ、何がいい？」
「あ、じゃあ私あんみつで」
　ちゃっかり一番に注文しちゃったりして。
　手作りされたメニューの写真に目移りしながら、翔太くんがうなる。
「とうちゃん、はんぶんこしよ」
　メニューを大谷田さんに渡して、首を傾げる翔太くん。
「どれがいいの？」
「ようかん……とぜんざい」
「じゃあ半分こしような」
　目の前で繰り広げられる親子の会話。
　田畑さんがメモを取りながら口元に手をやっているのを見て、ときめいているのが私だけじゃないことに安心した。
　頼んだものが届くまでの間、大谷田さんが翔太くんのことを教えてくれた。
　来年から小学生になる翔太くんをこの時期に転園させることが、大谷田さんも心苦しいみたい。
　仕事の都合だから仕方ないとはいえ……翔太くんも寂しいよね。
　そんなことは微塵も感じさせない明るい笑顔を見せる翔太くんにも気を遣っているところがあるのかな、なんて思った。
　子供って案外そういうことに敏感だって聞いたことがあるし。
「実はね、今日ここに来たのは陽子さんが教えてくれたか

らなんだ」
「お母さんが……ですか?」
　仕事を抜けられそうにないからごめんねって言ってたのに。大谷田さんに教えてたんだ。
　でもそうじゃなかったら隣町に住んでる大谷田さんが知り合いもいないのに高校の文化祭に来たりしないか。
「偶然だったけど会えてよかった」
「ビックリしましたよ。お母さんも、大谷田さんが来るって言ってくれたらよかったのに」
「内緒にしててって頼んだんだよ」
　驚かせようと思ってね、と大谷田さんが意地悪く笑う。
　会えなかったらどうするつもりだったんだろう。
「はい、お待たせしました」
　トレーを持った田畑さんが戻って来て、私の前にあんみつを置く。
　工藤くんのお店に置いてあるあんみつにアレンジを加えた感じで、私はこっちの方が好きだなって思った。
「あ、後で深影が来るって言いよったから戸塚さん先に行かんでな」
　…………は?
「田畑さん、もう1回」
「ん? やけん、深影が後で来るから待っとってって言いよったよ」
　キョトンとしながら、もう一度田畑さんが言ってくれた。
　ていうか……え?

深影が来るの？　ここに？
「に、逃げないと……」
「いやいや、なんで逃げるん」
　田畑さんは大谷田さんのことを私のお父さんと勘違いしているのかもしれないし、別にそれでも間違いではなくなる……のだけど、困るんだって。
　深影は私の家のことを知っているし、急に大谷田さんを見たらビックリする。
「ん？　……まあいいや。伝えとくって言っちゃったからさ、とにかく逃げんでよ」
　田畑さんはそう言い残して他の席に行ってしまった。
　いつ来るのか予測できない深影に気が気じゃなくて、せっかくのあんみつの味もよくわからない。
　そわそわと落ち着かない私にも無邪気に笑いかけてくる翔太くんにぎこちなく笑い返しながら、10分ほど経った時。
「鏡華」
　背後から聞こえてきた声に、ビクリと肩が震えた。
　振り向くと、そこには思った通りの人。
「深影……」
　体操服にエプロン姿の深影が大谷田さんと翔太くんを見るなり、ペコリと会釈をする。
「初めまして」
「こちらこそ、初めまして。えーっと……鏡華ちゃんの彼氏……かな？」
　大谷田さんも大谷田さんで普通に挨拶返してるし……。

「はい。付き合っています」
「そっか……」

深影の言葉に頬が熱くなるのを感じた。

何かを考え込むようにしたあと、大谷田さんがにっこりと笑う。
「じゃあ、行っておいで」
「えっ、大谷田さんお金……」
「いいからいいから」

ひらひらと手を振りながら、大谷田さんが今日一番の笑顔を見せる。

気まずい雰囲気にならなくてよかったけど、これも何だか気恥ずかしい。
「……ありがとうございます」

お代は甘えることにしよう。

お礼を言って席を立った時、スーツの裾をクイッと引かれた。
「きょうかちゃん、いっちゃうの？」

可愛らしい声と共に、少しだけ眉を下げた翔太くんがスプーンを止めて私を見上げる。

可愛い……もう可愛いしか言っていないけど、すごく可愛い。
「ごめんね。また後で会えるから、ね？」

ふわふわの髪の毛を撫でると、不満げな顔をしながら、渋々って感じで手を離してくれた。

隣で黙ってる深影から、痛いくらいの視線を感じる。

もう、隠せない。

「誰なん、あの人達」
　静かな校舎裏の石段に座ると、すぐに問い詰められる。
「その……うん……」
　いざ言おうとすると言葉に詰まる。
　何から説明すればいいんだろう。
　いきなり引っ越しするとは言えないし、どうしよう。
「大谷田さんって……鏡華のお母さんと仲いいんやっけ？」
「なんでそれ……」
　言いかけて気付いた。私が大谷田さんを知ったのは銭湯での会話がきっかけだ。
　深影もその場にいたし、というか話の中に入っていたんだから知っていてもおかしくない。
「再婚するんだって、お母さんと大谷田さん」
「そっか。おめでとう」
「それで翔太くん……あ、大谷田さんの息子さんなんだけど……」
　しどろもどろになりながらなんとか説明をする。
　肝心の引っ越しの話をする前にだんだんと語尾が薄れていって、深影との間を沈黙が通り過ぎる。
　黙ってちゃダメなんだってわかっているけど、深影が何を考えているのかわからない。
　意を決して口を開いたけど、声は情けなく震えていた。
「引っ越しするの」

消え入りそうになるくらいの小さな声でも深影にはちゃんと届いた。
　耳がピクリと動いたのを見逃さなかった。
　不安と緊張を抱えてあれこれと深影の反応を考えていると、声よりも先に深いため息が聞こえた。
「ま、そうだよなぁ」
「え……？」
　今……ものすごい軽い感じで言った……よね？
　予測できないなりに悪い方に考えていたことが、一気に打ち壊された気分。
　ポカンと口を開けたまま深影を凝視すると、何変な顔してんのって笑われた。
「最近悩んでるっぽいの気付いとったよ。何も言ってくれんけん待っとったけど、やっぱりそんな話やったんやな」
「気付いたの？」
「鏡華は割と、っていうかかなり表情に出とる。そうやなくても何となくわかるしな」
　表情か……出してるつもりないんだけどな。
　ここに来てから表情筋が育ったのかも……じゃなくて。
「怒らないの？」
「は？　なんで」
「だって黙ってたから」
　隠し事をすることは、深影が一番嫌っていることだ。
「怒ってるに決まっとんやろ」
　あ、やっぱり怒ってたんだ。

深影って怒ってる時のパターンに、表情に丸出しな時と内側でフツフツしてる時があるから、わかりにくい。
　だいぶ察することができるようにはなったけど、確信じゃない。
　普通、怒ってる？　なんて言ったら余計に怒らせてしまいそうだけど、深影はそういうところがないから遠慮なく聞けるんだよね。
「聞いとんの？」
「へっ!?　あ、聞いてなかった。なに？」
　完全に上の空だった、何か言ってたっけ。
　首を傾げると、ジトッとした目を向けられる。
「人が怒っとんのに無関心か」
「違う違う！　深影のこと考えてたの！」
　焦ってとっさに口をついて出た言葉が自分でも信じられない。
「ふぅん」
　一転して機嫌が良くなった深影。
　もう意味がわからない。
　こんな話をしに来たんじゃないのに。
　深影に引っ越しの話をしたら、どうしても聞きたいことがあった。
　あの日、お母さんと大谷田さんに向かって宣言したはいいけど、あれは私の思いだ。
　深影も同じように思っていてくれないと、きっと上手くはいかない。

あんなに自信を持って宣言したことを後悔する日が来て
しまう。
　　だから、聞きたい。
「深影は離れても好きでいてくれる？」
　　ずるい聞き方。
　　付き合っていてくれる？　とは言えなかった。
　　でも……大丈夫って笑ってくれるんでしょ？
　　けれど返って来たのは予想外の返事。
「さあ？」
　　大した間も開けずに言い放たれて、何度も目を瞬く。
　　さ、さあ？
　　聞き間違いなんじゃないかって疑う私に、深影が追い討
ちをかける。
「わからんな、それは」
「えっ……」
　　どうしよう、泣きそう。
　　何度も深影の前で泣いたけど、深影とのことに関して泣
く日が来るとは思わなかった。
　　鼻の奥がツンとしてすぐに涙が溢れそうになるのを、眉
間に力を込めて我慢する。
　　絶対に「大丈夫」とか言ってくれるって思っていたから、
反動が半端じゃない。
「鏡華は？　離れても好きでおれる？」
「ずっと好きだよ！」
　　出会い方が違ったって好きになってた。

もしも深影に出会うことすらできなかったとしたらって考えると、少しの間離れることなんて大したことないように思えるんだよ。
　一生のうちのほんの数年。
　その時間をいつか恋しくなる日が来るのかもしれないけど、離れてる間の時間もちゃんと大事にする。
　だから、そんなこと言わないで。
　渦巻く思いの丈をぶつけてしまいそうになった時、グイ、と肩を引かれた。
「じゃあちゃんと好きにならせて。これからもずっと」
　加わる力に任せて、深影の肩に頭が触れる。
「今よりずっと好きにさせて。上書きしてよ、鏡華」
「なに……それ」
「そしたら離れられんけんさ」
　意味わかんない。
　はっきりとは言ってくれないくせになぜだかちゃんと伝わってくる気持ちに、今度は嬉し涙が頬を伝っていく。
「泣き虫だけは直らんな」
「誰のせいだと思ってるの……」
　昔は滅多に泣かなかったんだよ。
　深影に触れると、せき止める物を無くしたみたいに涙がこぼれ落ちる。
　堪えられないだけで、泣きたいわけじゃないのに。
　ゴツン、と深影のガッシリした肩に頭をぶつける。
「風香たちにも言えよ？」

「わかってる」
「一緒に行ってやろうか」
「…………うん」

　なんでだろう。

　深影が隣にいてくれると、それだけで安心できる。

　先走って焦ってた心を、ゆっくり流れる時間の中に引き戻されたような感覚。

　心地良いとしか言いようがなくて。

　風が吹き抜ける気配を感じながら、ソッと目を閉じた。

「あんたらどこ行っとったん！」

　目の前にはすごい形相の風香、と冷めた視線だけを向ける工藤くん。

「ごめんなさい」

　あまりの剣幕に素直に謝った、いや謝っても足りない。

　風香が怒るのも当然なんだもん……。

　というのも、東高の文化祭の集計はその日のうちに出るらしく、現在午後5時過ぎ。

　ついさっき終了の音楽が流れて、ゾロゾロと人の波が引いて行ったところ。

　で、私と深影が教室に戻ってきたのもついさっき。

「何しとったん」
「ね、寝てました」

　そう、あのまま寝てしまったんだ、私は。

　起きたら何時間も経ってるなんて、私が一番ビックリし

た。深影も寝てるし、終了の音楽は流れ出すしで慌てて戻ってきたら、風香が仁王立ちして待っていた。
　深影が起こしてくれなかったせいもあるのに、さっきから私ばかり謝ってる気がする。
「深影が調理抜けたせいで大変だったんだけど」
　大げさなほどのため息をつきながら工藤くんがぼやく。
　深影がそんなに役に立つとは思わないんだけどな。
「代わりに風香が来るとか勘弁してよ」
「はあ!?」
　いや工藤くん、それは言っちゃダメなやつだよ。
　１秒も経たないうちに、風香が過剰に反応して工藤くんに詰め寄る。
「なっ……なんやそれ！　深影よりあたしのがいいやろ」
「ダメ」
「なんでなん……」
　ガックリと肩を落として項垂れる風香。
　そんな風香を気にも留めずに……。
「風香だと集中できないからダメ」
　工藤くんが爆弾を落とした。
　ピシリと音を立てそうなくらいに固まる風香と、目を丸くさせる深影。
　私も戸惑って何度も瞬きをする。
　確証がないからはっきりとは言えないけどさ……工藤くんって結構風香のこと意識してたりとか、ない？
　これが天然だっていうのなら、工藤くんはきっとすごい

大物になる。

　だんだんと顔を赤くする風香と、平然とした工藤くんを何とも言えない気持ちで見つめていると、やけに大きなスピーカー音が流れ出した。

　結果発表って全校放送なんだっけ。

　騒がしかった室内が一気に静まり返って、皆がスピーカーに注目する。

『皆さん今日はお疲れ様でした！　それでは早速、集計結果を発表します』

　ドキドキしながら発表を待つ。

　優勝なんてって思っていたけど、いざ発表されるとなるとつい祈ってしまう。

『優勝は３年２組！　おめでとうございます！』

　そんな祈りも虚しく、放送と同時に上の階から歓声が響き渡る。

「あー……ダメだったか」

　そんな中でポツリと呟いたのは永田くん。

　短いスカート姿の永田くんは、両手を組んでスピーカーを見上げていた。

「悔しいぃぃ……！」

「やっぱり３年は気合い入っとんよな」

「ま、楽しかったやん」

　口々に飛び交う皆の感想。

　ほとんどの人が本気で優勝を狙っていたらしく、目に見えて落胆している人もいる。

上の階からの歓声が止まないうちに、また放送が流れる。
『次は準優勝！　１年１組です。おめでとうございます！』
　次は下の階から大歓声。
　今年の１年生って３組まであるんだっけ？
　それで３年生が２クラス、２年生が２クラス。
　今更だけど、本気で頑張れば優勝を狙えたんじゃないかな。校舎裏で寝ていた時間が申し訳なくなってきて、スピーカーを見上げる風香の肩を叩く。
「風香、ごめ……」
　言いかけた時、再びスピーカーから音声が流れ出す。
『で、今年は特別賞もあります！』
「は……？」
　特別賞？
「そんなのあるの？」
「いや、去年まではなかった」
　突然のことにクラス内がざわめき出す。
　興味なさげだった深影までもが片眉を上げて、続く放送を待つ。
『２年１組！　アンケート１位おめでとうございます！』
　拍手と共に送られた賞賛の言葉に、他のクラスのように歓声が上がることはなく、シーンとしてしまう教室内。
「アンケートって……なんなん？」
　ようやく第一声を発した風香に、皆そろって首を傾げる。
　すると補足するように放送が流れた。
『アンケートはね、外部から来られたお客さん達を対象に

集めたものです。模擬店の商品に対しての評価ですよ』
　そんなのあったんだ。
　模擬店の商品ってことは……。
「幸久ぁ！　すごいやん！」
　だよね!?　工藤くんのおかげだよね？
　ワンテンポといわず、かなり遅れて歓声が上がる。
　皆に詰め寄られて戸惑う工藤くんはポーカーフェイスながらにどこか嬉しげで、つい笑ってしまった。
「何だそのラッキー」
「そんな言い方しなくてもいいじゃん。工藤くんすごいね」
　深影は嬉しくないのかな。
「鏡華笑っとるけど、この後ちゃんと話せよ」
「わ、わかってるよ」
　鏡華はすぐためらうから早い方がいいって深影に言いくるめられて、この後すぐ話すことに……された。
　工藤くんはともかく、風香の反応が予測できるだけに、もうすでに腰が引け気味というか……美里さんも呼ばないといけないしね。
　本題よりも美里さんのことの方が緊張するんだけど……そんな私を知ってか知らずか、深影が背中をポンポンと軽くさすってくれた。

　簡単な表彰式の後、教室に残ったのは私と深影、風香と工藤くんの4人。
　午後6時を過ぎた学校には片付けに残った生徒が数人ウ

ロウロとしているだけで、ほとんどの人は下校している。
　スーツからＴシャツに着替えたのだけど、学校で制服じゃないってことにそわそわする。
　深影の席の周りに集まって他愛のない話をしていると、後ろ側のドアがガラリと開いた。
「お待たせー。ごめんな、うち片付け担当やったけんさ」
　両手を合わせながら入ってきたのは、美里さん。
　隣のクラスを覗いたら忙しそうに片付けをしていたから、後で1組の教室に来てほしいって伝言を頼んでたんだ。
　適当な席に座って、とりあえず「お疲れ様」なんて言い合う。
　微かに潮の匂いを含んだ風が吹き抜けて、沈黙が落ちた。
「ほら、鏡華」
　なかなか言い出せない私を深影が促す。
　1つ大きく深呼吸をして、話を始める。
「あの……私、家の事情で11月に引っ越すことになって」
　それで、と続けようとした瞬間。
「はあ!?」
　遮るよう風香が立ち上がり身を乗り出す。
「ど、どういうことなん！　11月って……そんな話いつ出てきたんよ」
　まくし立てる風香の顔は真剣で、これまで黙っていたことに対して後ろめたい気持ちがむくむくと胸を占める。
　工藤くんも黙ったままこめかみにシワを寄せていて、私はふい、と目を逸らす。

「どこに引っ越しするん？」

　そんな中で唯一冷静な美里さん。

「え……まだはっきりとは聞いてないんだけど、電車を乗り継いで４時間くらいの所って」

　町の名前はよく覚えていない、この町と似た雰囲気の所だって、大谷田さんが話してくれた。

　詳しい話はお母さんと大谷田さんがしているはずだ。

　私は２人の空気になかなか入っていけなくて話から外れることが多いから、あんまり聞いてないんだよね。

「そらまあ……遠いわな」

　妙に落ち着いた美里さんの呟きを最後に、沈黙が落ちる。

　――キーンコーンカーンコーン。

　まるでタイミングを見計らったように、校舎の外のチャイムが鳴り響く。

　チラリと深影に視線を送ると、呆れ顔と笑顔を足して２で割ったような表情で、パンパンと手を叩いた。

「ま、辛気臭いのは無しな。鏡華はあと１ヶ月、どうしたいん？」

「え……」

　促すように頷かれて、言葉に詰まる。

　漠然と思い出になるように、って思っていたけど。

　どうしたいか……か。

「普通がいいな」

　考えるよりも先に、ことばが口をついて出た。

　４月にこの町に来てから今日まで続いてきた普通を、そ

の日まで続けたい。ただそれだけだ。
「そっかぁ……そうやな」
　うんうんと頷きながら風香が顔をほころばせる。
「今まで通りで、な。鏡華らしいわ。……てかさっきのチャイム最終下校のやろ？」
　時計を仰ぎ見ながら深影が言う。
　そういえばさっきチャイム鳴ってたな。
　最終下校時刻まで残ったことなんてないけど、もしこのまま教室に残ってたらどうなるんだろう。
　ちょっと興味あるなぁ、なんて思っていたら、思い出したように美里さんが立ち上がった。
「最終下校過ぎたら山本が見回りに来るんよ、知ってた？」
　え……山本先生？
「ちょ、それダメなやつやん！　早く出よう、ほんっと山本先生無理！」
　私と同じように学校を抜け出した時のことがトラウマになっているのか、風香が顔を真っ青にして立ち上がる。
　工藤くん形相も体を縮めているあたり、深影とぶつかった時の山本先生の形相(ぎょうそう)を思いだしたのかな。
　あれは怖かった……。
　声も大きいし、例えるなら般若みたいな。
　何も気にしていないのは深影と美里さんだけ。
　呑気にあくびをする深影の背中をぺしっと叩いて、すぐに教室を出た。
　靴箱の近くで担任の先生に見つかりはしたものの、幸い

山本先生には遭遇しなかった。

それでも気を抜かずに校門を出た時、美里さんが立ち止まる。

「美里?」

急に足を止めた美里さんに風香が首を傾げるけど、美里さんの視線は真っ直ぐに私に向く。

「ちょっと、いい?」

「え、うん……」

何だろう。

深影達に先に帰っててと伝えてから、美里さんについて行く。

学校からほど近い小さな公園の中に入ると、美里さんがくるりと振り向いた。

「聞きたいことがあるんやけど」

聞きたいこと……。

引っ越しのことかな……それとも、もしかして深影のこと……?

「深影とはどうするん?」

やっぱり、そうだ。

この話は美里さんから切り出されなくても言うつもりだった。

だから、ここで怯んじゃダメだ。

「遠距離……になるんだと思う。深影とはちゃんと話してるよ」

つい数時間前に打ち明けたばかりなんだけどね。

自分の気持ちを伝えた上で深影の返事も聞けたから、私はあれでいいと思ってる。
　私の言葉に、美里さんは眉の辺りに深くシワを寄せた。
「ちゃんと話しとるんならいいけどさ……」
　腑に落ちない、とでも言うように語尾が薄れていくから、私も納得がいかない。
　何か気になることがあるのかな。
「深影のことが心配なんよ」
　何度か視線をさ迷わせた後、意を決したように美里さんが私を見る。
「心配……？」
「そう。深影さ、いつも通りに見えるけど、ばあちゃん亡くなってからまだそんなに経ってないやん。できれば、離れんで欲しかった」
　美里さんに言われて、ハッとした。
　おばあちゃんが亡くなって、まだ４ヶ月。
　おばあちゃんの葬儀後の、２人の憔悴しきった顔を思い出す。
　おじいちゃんも深影も違和感がないくらいに前と同じように振る舞っているから、それを気にかけることが減っていった。
　でも……そうだ。
　忘れちゃいけなかった。
　私は離れても大丈夫かってことを心配してはいたけど、意味が違う。

今になって気付いて動揺する私に、美里さんが小さくため息をついた。
「今更言っても仕方ないし、そもそも家の事情やしな。それでもうちらじゃ埋めれんところもあるけん……やけん、さ……」
　ぐっと唇を嚙んで、美里さんが口をつぐむ。
「美里さ……」
「こんなん言いたくないけど、深影のこと……頼むけんな」
　真剣味を帯びた瞳を向けられて、ごくりと息を呑む。
　やっぱり、美里さんが深影のことをすごく想っているんだってわかる。
　それでも譲れなくて、美里さんを前にしてぎしりと胸が軋んだ。
　「ごめんね」だけは言っちゃいけない。
　だから……。
「ありがとう、美里さん」
　確実なものなんて何もない。
　私も深影も時々自分のことでいっぱいいっぱいになるから、離れるほどに見えなくなることも増える。
　埋められないものだってあるかもしれないし、不安も拭い切れていない。
　けど、美里さんの気持ちには応えたいと思った。
　私にしかできないことがあって、それを美里さんが託してくれるのなら。
「ほんっと……憎めんよなぁ」

長い息を吐き出して苦笑いをする美里さん。
「へ……？」
「いい？　鏡華」
　ポカンとする私に詰め寄って意地悪げな笑みを浮かべると、びしっと人差し指を突き付ける。
「あんたがおらんってことは、うちのチャンスってことやけんな。遠慮はせん。わかった？」
「えっ!?」
　チャンスって……！
　何か言い返さないと美里さんの思うつぼなのに、言葉が何も出てこない。
「風香とか幸久とか、かったいガードはあるけど、まあ大丈夫」
「大丈夫じゃないよ！　ダメだからね！」
「それは深影が決めることやろ」
　そ、そうだけどさ……。
　校舎裏で深影に言われたことが、頭の中を駆け回る。
『ちゃんと好きにならせて。これからもずっと』
　頑張ろう……深影にずっと好きでいてもらえるように。
　ただの意地悪であんな言い方をしたのかもしれないけど、美里さんがこんなだと余計に不安だから。
　結局空が暗くなるまで公園のベンチで美里さんと言い合って、家路につく頃には日が暮れきっていた。

明日の空

 11月。

 中間テストを終えて落ち着いた雰囲気が戻ってきた頃、私は引っ越しを明日に控えていた。

 もともとそんなに荷物は多くなかったけど、更にガランとした部屋を見渡すと少し寂しくなる。
「大谷田さん、そろそろ来るって？」

 慌ただしく台所と居間を行き来するお母さんに声をかけたら、お母さんは足を止めずに言う。
「んー、そろそろだと思うけど……どうだろう」

 さっきから「そろそろ」ばっかりだよお母さん。

 せっかくだからって、今日は大谷田さんと翔太くんが家に来てくれるんだ。

 そのせいか、いつもより気合いの入ったお母さんの手料理がテーブルに並んでいる。

 お母さんが作り置きしてくれていたご飯とか自分で作ったものばかり食べていたから、誰よりも楽しみで仕方がないのはきっと私だ。

 早く来てくれないかな。

 そわそわしながら立ったり座ったりを繰り返していると、ちょうどいいタイミングで玄関のドアが叩かれた。
「私が行くね」

 ギシギシと軋む廊下を足早に歩いて、玄関の戸を開ける。

「え……深影？」
　てっきり大谷田さんと翔太くんがいると思っていたのに、目の前に立っていたのは深影。
「どうしたの？」
　最後だからと風香が家に呼んでくれて、つい２時間前まで皆で一緒にいたのに。
　また明日ねって言って別れたよね……？
「鏡華？　どうしたの……あら、深影くん」
　私の肩越しに深影を見たお母さんが目を瞬かせる。
「こんばんは。ちょっと鏡華借りてもいいですか？」
「なんだ、そんなこと？　どうぞ持ってって」
　トン、と私の背中を押してひらひらと手を振るお母さん。
　持ってって、って……ひどくない？
　娘を物か何かみたいに言わないでよ。
「遅くなってもいいからね」
「えっ、ちょ、お母さん……!?」
　にっこりと笑って玄関の戸を閉められる。
　ご丁寧に鍵まで。
　待ってよ、私お腹空いてるんだけど。
　じゃなくて……。
「もう……深影どうしたの？」
　ご飯時だってわかってるはずなのに。
　諦めて向き直ると、深影は無表情で私の手を引いた。
「行こう」
　深影の様子がおかしい。

歩調も、合わせてくれているってより、足が重いって感じだし。
　深影と一緒に行くところといえば、ニシロ階段を登った先の高台だ。
　だからそこに行くんだろうな、と思ってた……のに。
「深影……？　どこ行くの？」
　ニシロ階段の前を素通りして、下町に通じる坂を下っていく。
　下から手を引かれると歩きにくくて何度も転びそうになるけど、しっかりと握られた手を解くことができない。
　見慣れた町並みを通り抜けて、路地が交わる場所に出るとある香りが鼻を掠める。
　まさか……。
　細い路地に漂う、潮の匂い。
「深影！　なんで……」
　力いっぱいに深影の手を引っ張る。
　けど私の弱い力じゃ全然敵わなくて、行きたくないのに進んでしまう。
　だって……まだ、ダメだよ。
　高台から見るのは平気だって言ってた。
　２人で並んで夕日が沈んでいくのを何度も見た。
　でも……これはダメ。まだ無理だよ。
　泣きそうになりながら、あることに気が付いた。
　震えてる、深影の手。だいぶ寒くなってきたのに汗ばむ手は明らかにおかしい。

平気なわけがないんだってすぐにわかった。
　潮の匂いが強くなって、深影からは見えないと知りながらもブンブンと首を横に振る。
「……大丈夫」
　小さく深影が呟いた。
「深影……」
　堤防越しに見える海。
　日が沈んで暗くなった空と海の境界線が黒く染まっていて、私でさえ一瞬怖いと思った。
「大丈夫？」って声をかけようとした時、また深影が歩き出した。
　本当に行くの……？
　無理をしているのはわかっているのに、深影の意図がわからなくて、泣きそうになる。
　唇を引き結んで、泣くのだけは堪えた。
　砂浜を踏む音と感触がやけにリアルに靴裏や耳に伝わってきて、ぞくりと身震いをしてしまう。
　私の感覚よりもずっと鮮明に深影は感じ取っているんだって思うと緊張が止まらない。
　張り詰めた空気が海風に揺らぐことはなくて、歩を進める深影について行くことしかできなかった。
　波打ち際に押し寄せる、夜空の色を映したような黒い水。
　そのギリギリまで近付いて深影はようやく足を止めた。
「みか……っ……」
　声をかけようとした瞬間、繋がれたままの手が強く引か

れて、勢いのままに深影の胸に飛び込む。
　困惑よりも先に、深影の胸から伝わってくる鼓動。
「っ……はぁ……」
　荒い息が深影の口から漏れ出していく。
　ここに来るまでずっと気張っていたせいもあるのだろうけど、深影にとって海は深影自身を苦しめるものにしかならないのかもしれない。
　けど、今はそれでいい。
　呼吸を乱すほど、顔色を悪くするほど無理をしたって深影がずっと苦しいだけだ。
　バクバクと大きな音を立てる胸に頬を押し付けながら、その背中をさする。
「大丈夫、大丈夫」
　もっと深影に言いたいことはあるはずなのに、言葉として浮かんでこない。
　抱き締めることと、ただ「大丈夫」というありきたりな言葉を紡ぐことしかできないのがもどかしい。
　だんだんと落ち着きを取り戻していく深影。
　深影の顔が伏せられていた私の肩が、じわりと濡れた。
「……ごめん、鏡華」
　グッと肩を押されて深影との間にできた距離。
　その距離を埋めるよりも前に深影の顔を覗きこむ。
　月明かりに照らされた横顔は青白くて、額には汗が滲んでいる。
「……帰ろ、深影」

見ていられなくて、今度は私が深影の手を引く。
　黙り込んでしまった深影の冷たい手をしっかりと握って、さっき通ってきた道を引き返す。
　家への小道を素通りしてニシロ階段を登る間も、深影は黙ったままだった。

「寒いね」
　ぶるりと身震いをしながら自分の体を片手で抱き締める。海風も冷たかったけど、高台であるここも相当寒い。
　芝生の上に座って深影の手を引っ張ると、なだれ込むように私にもたれかかってきた。
　聞いてもいいのかな。
　ここに来るまでの間もずっと、深影がなんで海に行ったのか考えていたけど、いまいちわからない。
　なんて言い出せばいいのかもわからなくて口ごもっていると、深影が私の肩に顔を埋めたままポツリポツリと話し出した。
「もう大丈夫やと思ってた」
「海が……？」
「ん。鏡華がいれば大丈夫って思っとったんやけど、無理やった」
　そんな、自分を責めるような言い方しないで。
　悲痛にも聞こえる深影の声に、耳をふさぎたくなるのを我慢する。
「変わるのって難しいな」

もしかして……あの日のこと？
　銭湯の帰りに深影が私の家に来たとき。
　佐山さんと高橋さんの写真を見たときのこと……？
　私が頑張ろうねって言ったからだ。
「っ……深影、ごめっ」
「謝るなよ」
　素早く伸びてきた手が私の口を塞ぐ。
　静かな怒りを瞳の中に閉じ込めて、深影が私を見据える。
　空に近いせいか月明かりが真っ直ぐに降りてきて、深影の表情が鮮明に浮き上がった。
「最後くらい、良いとこ見せたかっただけやから」
　嘘でしょ、そんなの。
　無理してるのがまるわかりだよ。
「本当は？」
「……だから、良いとこ見せたかったんだって」
　ほんっと頑固だよね深影って。
　何度聞いても、良いとこ見せたかったの一点張りでキリがない。
「ゆっくりでいいんだよ」
　そんなこと言えば言うほど焦ってしまうんだろうけど。
「心配しなくても、私は深影から離れられないの。好きだから」
　久しぶりに口にした「好き」に、自分で言っておいて頬がカッと熱くなる。
　無理やりまとめた感じになっちゃったけど、ちゃんと伝

わってるかな。
「冬休みとか春休みとか、帰ってくるからさ。そしたらまた行ってみようよ」
　無理にとは言わない。
　だけど、深影が行きたいなら一緒に行こう。
　ちゃんと進んでるよ、私も深影も。
　だから大丈夫。
　至近距離にいる深影に笑ってみせると、1つ瞬きをした後、ギュッと抱き締めてきた。
「深影……？」
「うん」
「どうしたの？」
「うん」
　いや、『うん』だけじゃわかんないよ。
「なあ、あれ覚えとる？」
　私を腕の中に閉じ込めたまま、深影の声が耳元に響く。
　あれって……なんだろう。
　思い当たる節がなくて、小さく首を傾げる。
「今日の空は明日にはない、って言ったやろ」
「あ、覚えてる」
　よく覚えてるよ。
　空を見上げる度に思い出していた、深影が教えてくれたこと。
　深影の肩越しに夜空を仰ぐと、雲がものすごいスピードで風に流されているのが見えた。

万華鏡みたいだ。
　散りばめられた星が、幼い頃何度も覗いた万華鏡の中の世界によく似てる。
　些細な違いだけど昨日とは確かに違う空を見上げて、感嘆の息を漏らす。
　体をよじって夜空を見渡していると、不意に深影の腕が解かれた。
「鏡華がおらんと寂しくなるな」
「へ？」
「毎日連絡してこんかったら拗ねる」
　え……え、なに？
　引っ越しの話をしてから今日まで、そんなことひとつも言わなかったのに。
　内心少しパニックになって、ほとんど深影の言葉が耳に入ってこない。
「好き？」
「え!?」
　待って、その前の話聞いてなかった。
　なんでいきなりその質問になるの？
「好き……だけど……」
　何か、すっごい悔しい。
　さっきもさらっと好きって言っちゃったし、私ばっかりずるい。
　わざと口をもごつかせていると。
「そっか……」

深影が嬉しそうに笑うから、何も言えなくなってしまう。
　悔しいのに、やっぱり好き。
　明日の夜には深影の顔が見られないんだって思うと、切ないくらいに胸がうずいた。
　美里さんが頭の中をちらついて、追い払うように深影に抱きつく。さっきから私が深影を抱きしめる体勢ばかりだったからね。
　こっちの方が落ち着く。
「いっぱい連絡するね」
「ん」
「……あと、美里さんの……」
　どうしよう、言っちゃっていいのかな。
　でも……不安だし。
「俺、一途やけん。大丈夫」
　ずるいよ、深影は。
　前に言ってたことと違う。
　不意打ちで欲しかった言葉をもらえて、ザワザワと落ち着かなかった思考の糸が解けていくみたい。
「ずっと、好きだから」
　待ってる、って耳元で囁かれたかと思うと、背中に回されていた手が視界の端を掠めて、私の頬を持ち上げる。
　真っ直ぐで、夜空みたいに深く黒い２つの瞳が、私だけを映している。
　真剣に見入っているうちに、深影がふっと笑った。
　近付いてくる瞳が伏せられるのを見届けて。

「……ん」
　唇に触れたぬくもりに、目尻から涙が伝った。
　明日の空を深影の隣で見上げることはできない。
　寂しさだって、消えたわけじゃない。
　それでも、このぬくもりを忘れることはないから。
　私はただ、深影の隣にいたい。
　すぐそばで見つめあって、たまにキスをして、寝転んで。
　寒いねって言いながら抱きしめ合う夜は、とてもとても幸せだった。

　翌日、見送りに来てくれた人達と別れの言葉を交わし合う。といっても、今この場にいるのは数人だけど。
「鏡華ぁ……」
　笑って抱き合っていた風香が突然泣き出すから、つられてしまいそうになった時、風香の肩を工藤くんが引いた。
「大げさ。二度と会えなくなるわけでもないのに」
「幸久は軽すぎるんよ。あんたには深影がおるからいいかもしれんけどさ」
　風香にだって美里さんがいるじゃん、って言おうとして、やめた。
　そのことには、私がいなくなったあとに風香が自分で気付くと思うから。
「工藤くん、風香と……深影のこともよろしくね」
　私よりも長く2人と一緒にいる工藤くんにこんなことを頼むのは少し変かもしれないけど、工藤くんにしか言えな

いことだ。
「うん」
　たった一言でも工藤くんの目を見たら、わかる。
　きっと大丈夫だって。
　工藤くんがいつまでも泣き続ける風香を少し離れた場所に連れて行くのを見て、私は我が家を振り返る。
　少し古いけど、どこか懐かしく優しい香りのするこの家は、越してきた当初から落ち着ける場所だった。
　お母さんが深影のおじいちゃんと話している姿を横目に、最後だと思って家の周りを一周する。
　深影の家との境にある植木の隙間から、お互いの敷地を行き来できるのだと知ったのは最近のことだ。
　後で顔を出すと言っていた深影は家の中にいると思う。
　来ると言っているのに待てない自分に呆れながら、深影の部屋の外へ近づく。
　一度大きく深呼吸をして、窓を覗き込んだ時。
「……勝手に人の部屋覗くなや」
「わっ！　え、深影……なんでここにいるの？」
　肩をつかまれてびくっと体が跳ね上がった。
　振り向いてそこにいたのは深影で、ほっと息をつく。
「そろそろ行こうかと思ったら鏡華がこそこそしとるのが見えたから追いかけてきたんよ」
「いつから？」
「こっちに入って来た時から」
　それって最初からじゃん。

声かけてくれたら良かったのに。
　気付かない私も私だけど。
　遠くで微かに話し声が聞こえる。
　それ以外には何の音もない２人だけの空間で、さっき流し損ねた涙がこみ上げてくる。
　深影の前では泣きたくなかったのにな。
　今日は笑って深影にまたねって言うつもりだった。
　深影を不安にさせないように、私が不安にならないように。けど……やっぱり無理だ。
　誰よりも安心できる深影の前で強がることは、まだうまく出来ない。
　というか、強がることで深影を心配させたことが何度もあるのに、今更取り繕ったって意味がない。
「深影……」
　情けないくらいに震える声と私自身を、丸ごと包み込んでくれる深影の腕は温かくて。
　落ち着くけど、反面不安にもなる。
　このぬくもりに触れずに過ごす日々に耐えられるかな。
「心配やなぁ」
　回された腕に力がこもり、痛いくらいに抱きしめられる。
「なにが？」
　直らなかった泣き虫のことかな。
　深影の前でくらいしか泣かないから大丈夫だよ。
「１人で泣かせるの、嫌やなって。手の届く距離におればいつでもこうしてやれるけど、これからは鏡華が寂しい時

にそばにいてやれんのが心配や」
　言いながら私の顔を覗き込んで、涙を拭ってくれる。
「深影ってそんなに心配性だったっけ？」
「……ここまでなんは鏡華だけや」
　それは、私が人一倍心配をかけているとか、そういうことではなくて、もっと特別な響きを持っているように聞こえたのは気のせいじゃないと思う。
　大好きで、誰よりも大切な人。
　遠くても、会いたい時に会えなくても、今と変わらずに心の一番近くにいてくれるのだろう。
『大丈夫』
　何度も交わし合っては、根拠のないその言葉が私たちを不安にさせる日もあったけど。
　でも、いつも本当になってくれた言葉。
　今なら、他のどんな言葉よりも信頼出来る。
「大丈夫だよ」
　本当に辛くなった時は、会いに行けばいい。
　会いたい時は、名前を呼べばいい。
　不安な時ほど、信じていよう。
　熱を持つ左目を細めて笑って見せると、深影は私の頭に顎を乗せて、溜めていたらしい息を吐き出す。
「かなわんわ……」
「深影は言ってくれないの？」
「俺はあえて言わんのや」
　どうして？　って聞きたかったけど、なんとなく理由が

わかる気がして、何も言わずに口を閉じる。
「泣いとけ。今のうちに」
　交わす言葉が尽きたら後は目の前のぬくもりを少しでも長く残しておきたくて、深影の胸元にすり寄る。
　私と深影を探す声が聞こえるまでそうしていて、家の前に戻ったあと、最後に一度全員を見回す。
　風香と私だけが涙の跡を残していて、でもみんな、笑っていた。

万華鏡

　つぼみを膨らませた桜が、開花し始めた春。
　無事に高校を卒業した私は大きな荷物と共に電車に乗り込んで、あの町に向かっていた。
　だんだんと見慣れたものになっていく車窓の外の景色に、ソワソワと落ち着かない。
　いろいろと忙しくて仮卒期間中には来られなかったから、3ヶ月ぶりだ。
　電車内に待ちわびたアナウンスが流れて、勢いよく立ち上がる。
　って……焦りすぎかな、私。
　1人で苦笑いをしながら、ゆっくりと停車した電車を降りる。
　大きくて重い荷物を引っ張って駅の構内に入ると、明るい声が飛んできた。
「鏡華ー!!　久しぶり!」
「わっ……風香!　久しぶりー!」
　長かった髪を短く切りそろえた風香は、ツインテールの時と印象は違うけど、よく似合ってる。
　久々にぎゅーっと抱き合っていると、風香の後ろから背の高い男の人が近寄ってきた。
　え……誰だろう。
　あのくせっ毛具合、どこかで見たような……。

「もー、幸久テンション低すぎ！　鏡華が帰って来るの何ヶ月ぶりと思っとんの！」
「工藤くん!?」

　嘘っ、工藤くんなの!?

　冬は会えなかったし、工藤くんと顔を合わせるのは夏ぶりだ。

　男の子って、たった半年でこんなに変わるの？

　背、すっごい伸びてるし。

　驚きを隠せない私の手からバッグを取って、工藤くんが先に駅の外に出る。
「えっ、待って工藤くんそれ重いからいいよ！」
「別に重くない」

　ぶっきらぼうに言うからわかりにくいけど、工藤くんってさりげなく紳士だよね。

　風香ともいい感じな気がする。

　風香は進展なしって言ってるけど、メールを見る限り、前の２人とは確実に違うもん。

　工藤くんは地元を離れずに実家で修行をするんだって。

　だから多分、これからも風香とはなんだかんだ上手くやっていくんだろうな。
「っていうか……深影は？」

　外にも駅の中にも深影の姿はなくて、来てくれたのは風香と工藤くんだけ。

　美里さんは県外に進学する関係で今日はいないって聞いたけど……。

「電話したんやけど、行かんって」
「え……」
「まあでも心配せんでいいよ」
　するよ！
　さらっと気になるようなことを言っておいて、ニヤニヤしてる風香。
　行かんって……なんで？
　私、深影に何かしたかなぁ？
　そういえば最近メールもどこか素っ気なかったり、電話で話していても上の空だったり……。
　もうすぐ会えるからってあまり気にしていなかったけど、まさか会えないなんて。
　思い当たる節がないことにもんもんとしながらバスに乗り込む。
　町につくまでの間も、隣に座る風香はずっとニヤニヤしていて、何度小突いてもされるがまま。
　何かあるんだろうなってことはもうわかるけど、結局町に着くまで風香が口を割ることはなかった。
　バスを降りると、懐かしい潮の匂いがした。
　この町で暮らす前は海に特別何かを感じることはなかったのに、いつの間にか自分の中に馴染んでいったのだろう。
　……帰ってきたんだ。
　海沿いのバス停からすぐに海岸に降りたくなるのをぐっと我慢する。
　とりあえず、家に行かないと。

防波堤沿いを抜けて、細い路地に入る。
　最初にこの町に来た頃は何度も道を間違えていたのに、今となっては足が勝手に進むなんて、自分でも感心する。
「まさか鏡華と大学が同じとは思わんかったわー」
「私もだよ。すごい偶然だね」
　工藤くんが荷物を持ってくれているから、私と風香は並んで歩く。
「4月からは鏡華と一緒に大学に行けるんやな」
　そう、実は私と風香は進学先の大学が一緒。
　風香は短大だけど、同じキャンパス内だから一緒に通おうって話をしていたんだ。
　それで、お母さんと大谷田さんにきちんと許しをもらって、この町から通ってもいいことになった。
　1人暮らし……になるんだけど、ちょっと違う感じかな。
　だって……。
「深影と一緒に住むんやろ？」
「ち、違うよ！　ただ私が前の家に戻るだけで……」
　ここに住んでいた時の家が空家のままだったから、また借りるようにしただけで、一緒に住むわけじゃない。
　それに深影は隣町に就職が決まったから、きっと忙しくて余裕なんかないと思う。
　まあ多分……深影のことだからしょっちゅう来るんだろうけど。
　一緒に住むだなんて、もし大谷田さんに知られたらとんでもないことになる。

引っ越し先で慣れるうちに、大谷田さんはいきなりお父さんっぽくなった。もともと息子がいるからっていうのもあるんだろうけどね。
　『深影くんと何かあったらすぐに連れて帰る』って、家を出る時にしっかり釘を刺された。
　呼び方も大谷田さんのままで、本当のお父さんのようには接することができないけど、いい関係を築けてはいるんだと思う。
　万が一のことが起きたら、私じゃなくて深影が危ない。
　真剣な大谷田さんの顔を思い出して、気を引き締める。
　いくら親の目がないからって、私も浮かれてちゃダメだよね。
　坂道をのぼって見えてきたニシロ階段。
　高台に行きたいけど、先に荷物を置いて深影の様子を見に行かないと。
　そう思って家へと続く小道に逸れようとした時、ぐいっと手を引っ張られた。
「ちょっとちょっと、どこ行きよんの」
「へ？　家こっちだよ？」
　ていうか、上にはニシロ階段と高台しかないじゃん。
「いいから。あんまり待たせると、あたしと幸久が文句言われるやろ」
「いや、だから何が……」
　意味がわからないまま、ニシロ階段まで背中を押される。
「荷物は置いとくけん、行っといで」

「私、先に深影に会いたいんだけど……」
「いいからいいから」
　急かすように背中を叩かれて、1段目に足をかける。
　何なんだろう、教えてくれたっていいのに。
　下を見ると風香がニヤニヤしながら手を振っていた。
　久しぶりにニシロ階段をのぼるときつくて、頂上についた時には息も切れぎれ。
　ふくらはぎが痛くてその場に座り込む。
　前は全然平気だったのに……運動不足かな。
　春なのに額にじわりと滲んだ汗を拭って何となしに草原に視線を走らせた時、誰かの背中が見えた。
　頼りない柵の前にいるのは、決して見間違うはずのない大切な人の姿。
「深影……」
　小さな声で呟いたのに、届いたのだろうか。
　待ちわびたように振り向いた深影が大きく手を振った。
「深影、工藤くんに背抜かされちゃったんじゃない？」
　駆け寄って一番に発した言葉がそれ。
　深影も少し背が伸びた気がするけど、工藤くんを見上げた時の方が首が痛かった。
「もうちょっと他のこと言えよ」
「うん、ごめんね」
　不機嫌そうに寄せられた深影の眉の辺りを指で伸ばす。
　しわが残ったら深影が強面(こわもて)になっちゃう。
　それもちょっと見てみたい気がするけどね。

多分、似合わないんだろうな。
　昼前の柔らかい日差しの中で深影と向かい合って、同時に吹き出した。
「変わってないな、鏡華」
「深影もね」
　会いたかった人。
　離れている間、ずっと深影のことを考えていた。
　何かしちゃったかなって思っていたけど、普通だよね？
　なら、駅に来なかったのはなんでだろう。
　じーっと深影の顔を覗きこむうちに、だんだんとつま先立ちになる。
　すると、サッと掠めるように軽くキスをされた。
「っ……深影!?　何してんの」
「いや、して欲しいんかと思って」
　そんなわけないじゃん。
　……したくなかったわけじゃないけどさ、不意打ちはずるい。
　頬を赤くする私を見て笑っていた深影が、ふと真面目な顔になる。
　そういう顔もずるい。
　ずっと会ってなかったから、3割増しくらいでドキドキする。
「迎えに行けんでごめんな」
「いいけど……何かあったの？」
「ここで会いたかったから」

もしかして、ずっとここで待っていたの？
　指先で深影の頬を撫でると、びっくりするくらいに冷え切っていた。
「まだ寒いんだから、風邪引くよ」
「いいよ」
「よくないって」
「鏡華がいるから、いい」
　それが冗談じゃなくて真剣に言っていることなんだってわかるから、困る。
　どうしようもなく嬉しくて。
「鏡華、手出して」
　手？　なんで？
　私が手を差し出すよりも早く、深影に引っ張られる。
「な、なに……」
　手のひらの上に乗せられたものに目を見開く。
　だって……なんで……。
「万華鏡……？」
　ちりめん柄の小振りな筒は、万華鏡にしか見えない。
　恐る恐る万華鏡を持ち上げると、微かにシャラっと音がした。
「鏡華がくれた万華鏡、直したかったんやけど無理やった」
「え……あれは直らないよ」
　ガラスが破損してるし、職人さんなら直せるんだろうけど、だいぶ劣化していたし……もう元の形に戻そうとは思っていなかった。

深影が欲しいって言うから、引っ越しの当日にあげたけど、まさか直すつもりだったのかな。
「やけんそれ作った」
「作ったの!?」
「結構上手くできたと思うんやけど、どう？」
　慌てて万華鏡の中を覗きこんで、絶句した。
　これって……。
　くるくると筒を回して確信する。
「あの万華鏡と同じ……？」
　記憶に焼き付いているあの万華鏡と同じものが鏡に反射してる。
「じいさんが万華鏡作ったことあるんだと。だから教えてもらった」
「じいさんって」
　深影っておじいちゃんのこと「じいちゃん」って呼んでなかったっけ。
「マツの方のじいさん」
　言いながら、草原の奥にポツリと建つ小屋を指差す。
　マツじい……か。
　普段は滅多にここから離れないらしいのだけど、見送りには来てくれたんだよね。
　去年の夏休みに来た時も快くキャンプ用具を用意してくれた。
　よくわからない人だとは思っていたけど、万華鏡まで作れるんだ。

それも、おじいちゃんの作ったものと大差なく。

壊れた万華鏡の中身を埋め込んで作ったのが、この小振りの万華鏡。

「深影、不器用なのにすごいね。ありがとう」

「一言余計なんだよ」

嬉しいよ、すごく。

もう二度と見ることはないと思っていた。

巡るビーズや細片には1つも狂いがない。

あの万華鏡がそのまま手元にあるような錯覚をして、息が詰まる。

片目で万華鏡を覗いていると深影の顔が見られなくて、そっと万華鏡を両手に抱える。

感極まって、泣いてしまいそうだった。

久しぶりに会えたのに、すぐに泣いたらまた泣き虫って言われちゃうな。

我慢しなきゃって思うのに、深影が穏やかに優しげに笑うから、瞬きと同時に左目から一筋の涙がこぼれた。

「っ……ありがとう……深影」

ありがとうじゃ足りないくらいの感情を胸の中に持て余す。言葉だけじゃもうどうしようもなくて、深影の胸の中に飛び込んだ。

「ほんっと泣き虫」

ああ、やっぱり言われちゃった。

深影の服が自分の涙で濡れていくのを感じながら、ぽつりと呟く。

「好き」
　離れていた間、ずっと言いたかった。
　メールでも電話でもなく、これだけは直接言いたかった。
「そういうことは目見て言えよ」
「うぅ……無理。今私すごい不細工だもん」
「はいはい」
　あやすような声音で囁いて、背中をさすってくれる。
　ずっとこのぬくもりに触れたかった。
　恋しかったし、愛しかったよ。
「ね、深影、私聞きたいことがあるんだけど」
「ん？　なに」
　顔を伏せたまま、一度だけ口をつぐむ。
　答えてくれるかな。
「"すっげーこと"ってなに？」
　永田くんが言ってたこと、結局まだ教えてもらえてなかったから。
　工藤くんは絶対に口を割らないだろうし。
「まだそんなこと気にしとんの？」
「気になるよ。教えて？」
　深影だって覚えてるんじゃん。
　すっげーことって言っただけでわかるって、しっかり覚えてるってことでしょ？
　うーん、と悩むような声が頭上で響く。
　やっぱり深影、背が伸びたな。
　前は私の頭に顎を乗せるとちょうどいい感じだったの

に、今はちょっとキツそう。

急かさずにじっと待っていると、観念したように深影が口を開いた。
「俺の、って言っただけ」
「へ？」

びっくりして自分の顔がひどいことになっているのも気にせずに深影を見上げる。

微かに頬を染めた深影が『見んな』って言いながら私の目元を覆った。
「も、もう1回！」
「うるさい。二度と言わん。たたでさえ永田とかクラスの奴らにからかわれてんのに……もう忘れろ」

照れてる……？

忘れられるわけないよ、はっきり聞いちゃったもん。

自然と頬を緩ませると、照れ隠しなのか何なのか、むにっとつままれた。
「深影、深影、もう1回」

負けじとからかうようにねだる。
「うるさい」
「お願い」
「しつこい」
「お願い、ねえ」

何度も言い合って、深影が本当に嫌そうな顔をしだしたからそろそろ諦めようかなって思った時。

素早く後ろ頭に回された手に力が込められた。

「えっ……みか……っん」
　顔を上に向かされて、降ってきた口付け。
　触れるだけのものがだんだんと唇をついばんだりしてきて、息が上がる。
　苦しくて深影の胸を押すと、不満そうにしながら離れてくれた。
「み……かげ……」
　酸素を肺いっぱいに取り込んで、さっきとは別の涙が滲む目で深影を見る。
　また１つ掠めるようなキスをされて、そのまま耳元に顔が寄せられる。
「ずっと好き……？」
　耳元で囁かれたのは、引っ越し前夜に聞いた響き。
　けどちょっと違う。
　私はそれに答えるために真っ直ぐ深影を見上げて笑う。
「大好きだよ」

　まるで、万華鏡のような恋をして。
　この瞳いっぱいに深影の姿を映したいと何度も思った。
　ただそれだけのことができなくて、見えていない部分があるんじゃないかって不安になって。
　見えるものが半分になっても、苦しみや悲しみは半分になりはしなかった。
　後悔も同じだけ重なっていったけど。
　この瞳が色を映して、景色を映して、深影を見つめるこ

とができるのは、奇跡なのだと知った。
　今日の空が明日にはないように、今日あるものが全て明日にもあるわけじゃない。
　だから、大事にしたいって思ったよ。
　万華鏡のような私の恋が、ずっとずっと、続くといい。

END

書籍限定番外編

片眼の君へ【深影side】

　くすぶるように過ごしていた毎日。
　君と出会えたことで180度変わったのだと知ったら、きっと君は笑うだろう。
　君の廻す世界のどこかに俺がいることで、俺の廻す世界の真ん中に君がいることで、どれほど世界が輝くかを教えてくれた。

　夜中に部屋を抜け出すのは、これで何度目になるのか。
　初めて夜の外へ1人で出かけた時に感じた不安。
　それを今では思い出せないほどに、きっと何十回も繰り返してきた。
　じいちゃんとばあちゃんは俺が夜中になると出て行くことも、どこへ行くのかも知っているから、見ないフリをしてくれている。
　町の方には降りて行けず、そうなると向かう先は246段の階段に限られる。
　家の前の道に出たところでふと隣の家に目をやると、全ての部屋の電気が消えていた。
　無人に見えるけど、ずっと空き家だったその家に今日新しい住人が越してきたらしい。
　俺はいなかったから知らないけど、ばあちゃんが『みかと同じ歳の娘さんがおるって聞いたよ』とにこにこしてい

た。姿は見ていないと言っていたから、多分町の方を散策でもしていたんだろうな。

　無理に会おうとしなくても、新学期が始まれば同じクラスになるはずだ。2クラスしかない上に俺のクラスの方が2人少ないから。

　日中なら2段飛ばしで駆けていくニシロ階段を、1段ずつ素早く登る。

　外灯の代わりに月明かりが道しるべになってくれていた。行く道を照らして、帰り道も残していてくれる。

　足元から零れ落ちて崩れ落ちるような感覚を引き連れてやってくる夜は苦手だけど、月明かりと星たちはいつもただ、そこにいてくれる。

　高台にたどり着き草原に足を一歩踏み入れたとき、遠目に人の姿が見えた。

　真上を見上げたまま芝生に倒れるもんだから反射的に駆け寄ったけど、そいつは真ん丸の瞳をきらきらと輝かせ夜空に夢中になっていた。

　俺の足音と気配に気付かないなんて、大丈夫なのか？

　両眼に星をたくさん閉じ込めて、薄く開いた唇から小さな呟きが発せられる。

「いいなぁ……」

　空気を切り裂いて響いたその声は、確かなものさえ曖昧にさせてしまう夜に落とすには綺麗すぎた。

　応えるつもりはなかったのに、彼女の右側から顔を覗かせる。

「なんが？」

「うわっ!?」

　俺の姿なんて見えていなかったかのように驚いて起き上がろうとする彼女の、真上まで顔を出してやる。

「え……？」

　わかりやすく "誰？" って顔をするから、思わず笑ってしまいそうになって彼女の額を小突いて誤魔化した。

「こんな時間に出歩くもんやないよ」

　微かに彼女の喉が上下するのが見えて、怖がらせたかと思いながら、人ひとり分の距離を開けて横に寝転がる。

「名前は？」

　自分なりにさっきよりも優しい口調で尋ねると、躊躇しながらも答えてくれる。

「戸塚……鏡華」

「どう書くん？」

「鏡に華って書いて、鏡華」

　頭の中で名前をなぞり書くと、既知感が掠めていく。

　でもそれは結局決定的な何かとは結びつかずに薄れていった。

「俺は真壁深影な。壁と影って言いにくいやろ？　深影でいいよ」

　名字と名前の語感が微妙にマッチしていなくて、自分でも言いにくいと思う。

　名字よりは名前で呼ばれたくてそう言ったけど、鏡華はひとつ頷いただけで呼ぼうとはしてくれなかった。

「新入り？」
「え、えっと……うん」
　鏡華が隣に越してきたやつだってことにはもう何となく気付いていたけど、少しからかってやりたくなって、必死に笑いを堪えながら聞く。
「そっかー何歳？　中３くらい？」
　実際、小柄な鏡華はパッと見で高校生には見えない。
「失礼な。もうすぐ高２だよ」
「高２!?　マジか……同い年やん」
「え……嘘」
　なんで鏡華まで驚いとるん。
　じいっと俺を凝視して、納得なんてしていないような顔をする。
「マジマジ。そこの東高の２年」
　この町には小中高が１校ずつしかないし、鏡華がわざわざ隣町に通わない限り、絶対に同じクラスになる。
「２クラスしかないけんさ、クラス替えがないんよ」
「少ないね……」
　お年寄りが多いから人口自体は少なくないけど、子どもの人数は年々減っていっている。
　俺もここの学校に転校してきたとき、人の少なさに困惑した。
「来るんやろ？　東高」
「……一応」
　歯切れ悪く言いながらも目線は真っ直ぐな辺りからし

て、もう決まっているようなものなんだろう。
　春休みも残り１週間だ。
「同じクラスだよ、俺ら」
「なんでわかるの？」
　そりゃあ、もともと１人少なかった上に、１年が終わった時点で俺のクラスから１人引っ越していったからな。
　でもそれをはっきり告げると楽しみがなくなる。
　人差し指を口元に置き、閉じた唇の隙間から息を漏らして見せた。
「秘密ー」
　勢いよく起き上がり、そのまま立ち上がる。
　背中や足についた草をはたき落とし、鏡華を見下ろす。
「じゃ、もう帰んな」
　ぼうっとこちらを見ていた鏡華もハッとして起き上がり、同じように全身をはたく。
　やっぱりなんか、ぼんやりしてるというか……見ていて心配になるな。
「星見にくるのはいいけど、あんま遅くに来るなよ」
　マツのじいさんがいるから万が一にも危ないことはないだろうけど、それを抜きにしても女の子がこんな時間に出歩くのはどうかと思う。
「えー」
　素直に聞き入れると思ったのに不満げに零され、つい勝手に手が伸びた。
「いたたたた！　深影！」

あ、やっと名前を呼んだ。
「えーじゃねえよ。来るなら夕方にしろ。そっちも綺麗やから」
「そうなの？」
「保証する」
　どの時間に見る空も綺麗だけど、夕方は特に俺の好きな時間でもあるから、鏡華に見てほしい。
　やわらかく、冷たい頬を解放してやる。
「気をつけて帰んな」
　俺が送ってやってもよかったけど、鏡華は隣に住んでいることをまだ知らないだろう。
　それに今そこまでしてやるのは距離的にも早すぎると思ったから、一足先に高台を去る。
　最後に一度振り向いたとき、鏡華は空を見上げて、眼を閉じていた。
　今あの瞳には、きっとたくさんの星が詰まっているのだと思うと、鏡華の元へ戻って、覗いてみたくなる。
　それは綺麗に、まるで万華鏡のように輝いているのだろうから。

＊＊＊

　髪の間を梳いていく細い指先の感覚が心地よくて、とっくに目は覚めているのに寝たフリを続ける。
「深影」

ときどき、囁くように呼ばれる名前に返事をしてやりたいような、もう少しこうしていて欲しいような気持ちの狭間(はざま)で迷っていると、コツリと額を突かれた。
「もう……起きてるよね、深影」
「……気付いとったん？」
「うん。だって、たまにニヤニヤするから」
　いや、それは鏡華の見間違いだと信じたい。
　にやけそうになるのを一応我慢していたのだから。
「ほら起きて。もう風香と工藤くん帰ったよ」
　かなり遅めの風香の就職祝いと、明日は全員が集まれない代わりに俺の誕生日の前祝いをしていて、そのまま眠ってしまっていたことを思い出す。
　11時過ぎくらいまでは起きていた記憶があるから、もしかしたら日を跨(また)いでいるかもしれない、と期待をして時計を見ると、あと3分で28日になるところだった。
「……なあ、今日さ」
「ダメだよ」
　まだ何も言っとらんやんか。
　言いたいことが伝わっているから即座に拒否したのだろうけど、それがどれだけショックか、鏡華はわかってない。
「どうしてもダメなん？」
「どうしても、ダメなの。……ごめんね」
　本当に申し訳なさげに言われると、それ以上は食い下がれない。
　でも、俺だって今日くらいは許してくれるんじゃない

かって期待してたんだ。
　やるせなさが湧き出て、寝ぼけ混じりだった頭の中が冷えていく。
「……帰る」
「え……？　ま、待って、深影。あのね、今日……」
　ちょうど日付が変わって、一番に鏡華が伝えようとしている言葉もわかっていたけど、ここで何事もなかったように振る舞うなんて俺にはできない。
　でも、黙って出て行くこともできなくてその場に立ち尽くす。
　感情任せに憤ることも、怒り任せに手を出すことも、できなくなったししなくなった。
　あの頃のように子どもではないけど、かといって冷静な切り替えができるわけではなくて、繋ぎ止めるのが精一杯な俺は二十歳(はたち)になったくらいで何も変わらない。
　鏡華を困らせて、傷つけて、そうして自分を嫌うほどに鏡華に甘えてしまう。
　高校時代に離れていたことで、大学に通う鏡華と隣町で働く俺との間に距離の不安はないけど、最近は俺が一方的に苛(いら)ついて鏡華を心配させてる。
「……鏡華」
「なに？　どうしたの？」
　ほっとしたような声に、さっきまでまとわりついていた汚いものたちが散っていく。
　同時に沸き上がる罪悪感には蓋(ふた)をして、力任せに鏡華を

抱き締める。
「深影……？」
「ごめん、鏡華」
「何に謝るの」
　背中をさする手の厚みも、触れ合う部分から伝わるぬくもりも、失いたくない。
　俺も鏡華も、お互いに大切なものを失くしてる。
　だから、臆病になるし、些細なことを無視できない。
「……ねえ、深影。少しだけ聞いててね」
　大好きで愛しい人の声に、ほんの僅(わず)かだけど力が抜けた。
「誕生日、おめでとう」
「きょう……」
「って、一番に言わせてくれてありがとう」
　鏡華、と呼ぼうとした俺の口をものすごい速さで塞いで、続いた言葉の意味がわからずに鏡華の顔を覗き見る。
「深影がいてくれることがどれだけ幸せか、知らないでしょう。深影が呼んでくれる名前を好きになっていくことも、深影の不安ごと包んであげられないことが一番もどかしいことも……」
　うるみ始めていた左目から、一筋二筋と涙がこぼれ落ちていく。
「今も右目が見えていたら、瞬きなんて一瞬でもしたくないくらい深影を見ていたいのに、できなくてごめんね」
　こんな時なのに、思い出したのは夢うつつで見ていた鏡華と出会ったあの夜のこと。

鏡華の瞳に閉じ込められた星空を見たくて、鏡華の見る世界とその軌跡をそばで見ていたくて。
　恥ずかしくて言えないけど、一目惚れをしたのはあの瞬間だ。
　一目惚れだということはバレているのだから、これだけは隠し通させてもらう。
　鏡華の右目の代わりになろうだなんて思ったことはないし、鏡華だってそんなことは望んでいない。
　幼い頃に亡くした両親と……ばあちゃんのいた場所は空白なんかじゃなくて、悲しさと涙と共に優しい思い出たちで埋まっている。
　鏡華にとっての過去もそうなのだと、鏡華が大事にしている写真からわかっていた。
　越えられない痛みと過去ではないけど、それでも時々うずくまってしまいそうになったら、手を取って寄り添って、そばにいよう。
「やっぱ、今日だけ泊まってくわ」
「……は？　それ今言うことじゃないよね。本気？」
「本気に決まっとるやろ。夜通し俺のこと見とけ。それが右目分や」
「絶対ダメ」
「なんで？」
「左目だけでこんなに好きなのに、右目分なんて……いらない。もっと好きになる」
　てっきり大谷田さんの言いつけを気にしているのだと

思っていたのに、顔を真っ赤に染めて照れている鏡華はもしかして、ずっとそんなことを考えていたのだろうか。

『うちにいてもいいけど、日付が変わる前に帰ること』と毎日のように釘を刺していたのも、照れ隠しだったとか。

「大谷田さんに許可がもらえたらね」

「出たよ……な、今日だけ。誕生日プレゼントってことで」

「ダメだって。あのね、私はずっと頼んでるんだから、深影も正攻法できてくれる？」

正攻法ってなんだよ。

こうして何度断られても真正面から頼み込んでるのにこれ以上の方法があるか。

「一緒に住んでいいか、ずっと相談してるんだよ。でも深影が何も言わないのに許可なんかできないの一点張りなんだから……深影？　聞いてる？」

鏡華のこういうところはいつまでも変わらない。

２人のことなのにまず１人でなんとかしようとするところも、それを上手く隠してしまうところも。

後者は俺が悪いんかもしれんけど……だとしても、大谷田さんから見た俺の印象って最悪やんか。

「そういうんは早く言わんか」

「だって……深影がどこまで考えてるのかわかんなかったし……」

「俺もな、毎日ダメだの帰れだの言われたら気にするわ」

さすがに少しばつが悪いのか、口ごもる鏡華に畳みかけるように言うと、頭を垂れて黙り込んでしまう。

「今日、行くか」
「大谷田さんのとこに？」
「そう。で、夜泊まる。完璧やろ」
「いいって言ってくれると思う……？」
　それは聞いてみるまでわからんけど、でももう、今日からは胸を張って俺自身で向き合える。
「言わせるまで帰らんとか、どうよ」
「かっこ悪い……」
　ほそっと言うなや。
　本当は、この場で鏡華を説得して夜を明かすこともできるけど、ずっとそうしなかった理由を思い出す。
　鏡華に後ろめたさを背負わせないためだとか、嘘を吐かせないためだとか、そんなのは建前だ。
　鏡華の廻す世界が、俺の廻す世界が、少しでも綺麗なものでありたくて、できるだけ澄んだものにしてやりたくて。
　鏡華の片眼に映るものがいつも、鏡華にとって万華鏡の一部のような存在になるといい。
「朝また来るけん、待っとって」
「……うん」
　唇の端を震わせて、目元を歪ませて、泣き出す直前の顔。
　一時でも離したくないことを伝えたくて、隙間なんてないくらいに強く、優しく抱きしめる。
　壊さないように、ぬくもりがそのまま伝わるように。
「ありがとうな」
　誰よりも大切な人が腕の中にいる。

呼吸と鼓動が重なり合う。

名残惜しさを取り払って、鏡華から離れる。

ほんの少しの寂しさを残した表情に、もう一度触れたくなったけど、鏡華が笑って胸を押すからぐっと堪えた。

「またあとでね」

振り向かないまま、鏡華が追いかけてくることもないまま、外に出て一番に空を見上げる。

夜風が雲をさらい、爛々と輝く月と潜むように瞬くいくつかの星たちにしばし見惚れた。

いつも、願うことはひとつだけ。

君と過ごす時間が、ずっとずっと、輝いた日々の中にありますように。

END

あとがき

こんにちは。初めまして。桃風紫苑と申します。
このたびは『あの日失くした星空に、君を映して。』をお手に取ってくださり、ありがとうございます。

この作品は眼に映る世界と万華鏡をテーマに、私の身近な方言とよく知る海町を舞台に書いた話です。
古い銭湯、傾斜の急な坂道、終わりの見えない長い階段、海と空の景色は、すべて実際に目で見てきたものをモデルにしています。

万華鏡をテーマにしていることもあって、少々目まぐるしい展開であったかと思いますが、すべてが万華鏡のパーツのように繋がっています。
片眼を失くした鏡華、奔放でありながら脆さを隠す深影、その朗らかさと素直さが自分までも傷つけた風香、誰よりも真っ直ぐな幸久。それぞれの距離と迷いのなか、想いに傷つき傷つけながら、ときに取り返しのつかない出来事もありながら、そこに触れる方法を探す姿と、四人や周りの人物たちの成長を垣間見ていただけたのなら、とても嬉しく思います。

完結から二年半。鏡華や深影の廻す世界に書籍化という

形でもう一度触れられることができ、さらに少し大人になった二人の未来を紡がせていただけたことに感謝の気持ちでいっぱいです。

　彼女たちの日々と、読んでくださった皆さまの日々が、万華鏡のように眩しく鮮やかな、輝いた時間とともにありますように。

　最後に、書籍化にあたりお世話になりました担当の本間さま、スターツ出版の皆さま、素敵なイラストを描いてくださった沙藤しのぶさま、デザイナーさま、読んでくださった皆さま、本当にありがとうございました。

2017.11.25 桃風紫苑

この物語はフィクションです。
実在の人物、団体等とは一切関係がありません。

桃風紫苑先生への
ファンレターのあて先

〒104-0031
東京都中央区京橋1-3-1
八重洲口大栄ビル7F

スターツ出版(株)書籍編集部 気付
桃風紫苑先生

あの日失くした星空に、君を映して。
2017年11月25日　初版第1刷発行

著　者　桃風紫苑
　　　　©Shion Momokaze 2017

発行人　松島滋

デザイン　カバー　平林亜紀 (micro fish)
　　　　　フォーマット　黒門ビリー&フラミンゴスタジオ

ＤＴＰ　朝日メディアインターナショナル株式会社

編　集　本間理央

発行所　スターツ出版株式会社
　　　　〒104-0031 東京都中央区京橋1-3-1　八重洲口大栄ビル7F
　　　　ＴＥＬ 販売部03-6202-0386（ご注文等に関するお問い合わせ）
　　　　http://starts-pub.jp/

印刷所　共同印刷株式会社
Printed in Japan

乱丁・落丁などの不良品はお取替えいたします。上記販売部までお問い合わせください。
本書を無断で複写することは、著作権法により禁じられています。
定価はカバーに記載されています。

ISBN 978-4-8137-0355-6　C0193

ケータイ小説文庫　2017年11月発売

『手をつないで帰ろうよ。』嶺央・著

4年前に引っ越した幼なじみの麻耶を密かに思い続けていた明菜。再会した彼は、目も合わせてくれないくらい冷たい男に変わってしまっていた。ショックをうけた明菜は、元の麻耶にもどすため、彼の家で同居することを決意！ときどき昔の優しい顔を見せる麻耶を変えてしまったのは一体…？

ISBN978-4-8137-0353-2
定価：本体 590円＋税

ピンクレーベル

『地味子の"別れ!?"大作戦!!』花音莉亜・著

高2の陽菜子は地味子だけど、イケメンの俊久と付き合うことに。でも、じつは罰ゲームで、それを知った陽菜子は傷つくが、俊久と並ぶイケメンの拓真が「あいつ見返してみないか？」と陽菜子に提案。脱・地味子作戦が動き出す。くじけそうになるたびに励ましてくれる拓真に惹かれていくけど…？

ISBN978-4-8137-0354-9
定価：本体 550円＋税

ピンクレーベル

『また、キミに逢えたなら。』miNato・著

高1の夏休み、肺炎で入院した莉乃は、同い年の美少年・真白に出会う。重い病気を抱え、すべてをあきらめていた真白。しかし、莉乃に励まされ、徐々に「生きたい」と願いはじめる。そんな彼に恋した莉乃は、いつか真白の病気が治ったら想いを伝えようと心に決めるが、病状は悪化する一方で…。

ISBN978-4-8137-0356-3
定価：本体 590円＋税

ブルーレーベル

『あの日失くした星空に、君を映して。』桃風紫苑・著

クラスメイトに嫌がらせをされて階段から落ち、右目を失った高2の鏡華。その時の記憶から逃れるために田舎へ引っ越すが、そこで明るく優しい同級生・深影と出会い心を通わせる。自分の世界を変えてくれた深影に惹かれていくけれど、彼もまた、ある過去を乗り越えられずにもがいていて…。

ISBN978-4-8137-0355-6
定価：本体 590円＋税

ブルーレーベル

書店店頭にご希望の本がない場合は、
書店にてご注文いただけます。